"Wenn Licht in Dein Leben dringt,

. . . erlebst Du eine ganz andere Welt."

Bibliografische Information der Deutschen Nationalbibliothek:

Die Deutsche Nationalbibliothek verzeichnet diese Publikation in der Deutschen Nationalbibliografie; detaillierte bibliografische Daten sind im Internet über http://dnb.dnb.de abrufbar.

Titelbild: Lea Glandorff, Foto von Ingeborg Jobs
Buchrückseite: Emilia Glandorff mit ihrer Großmutter Inge

Satz, Umschlag

Herstellung und Verlag: BoD – Books on Demand, Norderstedt

ISBN 978-3-7494-5773-1

Gerhard Jobs

"Wenn Licht in Dein Leben dringt,

. . . erlebst Du eine ganz andere Welt."

Inhalt

Vorab

Für Euch:

Diese kleine Sammlung besteht auch dieses Mal wieder aus von mir selbst erdachten verschiedenen Gedichten, Kurzgeschichten und Sinnsprüchen. Besonders meiner Familie, meinen Freunden und natürlich auch allen interessierten Menschen ist sie gewidmet. Die Aussagen darin sind kurzgefasst und sollen recht schnell zu tieferem Nachdenken führen.

Alles was . . .

uns hilft unserem Nächsten näherzukommen, sodass wir als Menschen uns wieder mehr einander zuwenden, ist mir wertvoll.
Dann versteht man sich besser und unser Umgang miteinander ist viel liebevoller . . . und brauchen wir in dieser hektischen Zeit nicht diese Art des Zusammenlebens?

Viel würde sich ändern, wenn man die uns von unserem Schöpfer gegebenen Empfehlungen eines guten Zusammenlebens beachten würde. Eine bessere Welt kann nur von vielen, von möglichst allen Menschen geschaffen werden, alle sollten mit eingebunden sein.

Wenn meine kleinen Ausführungen dazu beitragen würden, diese Eigenschaften der Nächstenliebe in vielen Menschen zu wecken, hat dieses kleine Buch seinen Zweck erfüllt.

Gerhard Jobs

Braunschweig d. 20.03.2019

P.S
Für weitere gute Anregungen schau auch einmal unter ChurchofJesusChrist.org nach.

Wir sind Menschen mit Ecken und Kanten

Wenn im Leben alles rundlaufen oder glattgehen soll,
müssen alle Ecken und Kanten abgeschliffen werden.
Am besten geht das zu zweit, da ist einer der Schleiftstein des anderen.
Nicht umsonst hat unser Herr und Schöpfer die Ehe empfohlen,
– du musst nur aufpassen, dass ihr gut zusammen passt,
sonst kann es passieren, dass von dir nicht mehr viel übrig bleibt.
Habt ihr aber Liebe für einander, ist in allem das richtige Maß gefunden.

Gerhard Jobs
Braunschweig dden 16.08.2018

Du bist, was du sein willst

Wenn du sagst, es geht nicht mehr, dann geht es auch nicht mehr. Wenn
du meinst, alles um dich ist öd und leer, dann erkennst du deine
Möglichkeiten schon längst nicht mehr.
Dann hast du dich schon aufgegeben und bedauerst, dein ach so argloses
leeres Leben.
So muss es nicht bleiben, so muss es nicht sein, raff dich auf, du bist
viel stärker, als es dir scheint. Du kannst viel größer sein. Kurz geweint
und dann wie man sagt, in die Hände gespuckt. Dich vor der
Verantwortung nicht weg-geduckt. Und wenn du dich umschaust, bist
du nicht allein, viele müssen auch wie du einfach nur Kämpfer sein –
und du wirst sehen, es ist zu schaffen. Es kommt wieder Sonne, es
kommt wieder Licht und du bist wieder siegreich – und dann verstehst
du deine traurige Vergangenheit einfach nicht.
Schon etliche haben so ein neues Leben begonnen.

Gerhard Jobs
Braunschweig den 20.04.2018

Es ist gut, ein ausgeglichenes Leben zu führen

Befindest du dich in deinem Leben in einer schwierigen Zeit, einer Zeit der Lustlosigkeit, des Unglücklichseins, wo du keinen Sinn mehr darin findest zu leben – muss das nicht unbedingt die schlechteste Zeit deines Lebens sein.

Eine Notlage, die dich getroffen hat, kann dazu führen, dass sich andere Menschen deiner annehmen und dir wieder Mut machen. Oder dass du dir selbst sagst: So kann das nicht weitergehen. Und du Kräfte mobilisiert, die dir vorher unmöglich erschienen. Kräfte, die du dir nicht zugetraut hast.

Wenn es einem ständig gut geht, man seine Ziele erreicht hat, Sorglosigkeit sich eingestellt hat – kann das ein Vorbote für eine Zeit des Abstiegs sein.

Die Geschichte hat gezeigt: Wenn es den Menschen zu gut geht, neigen sie besonders dazu, nach Extremen zu suchen, die sie noch glücklicher machen sollen – und oft ist dann Ausschweifung, ein auf andere Herabsehen, ein Sich-als-Sieger fühlen, die Folge. Ja, sich fast als unfehlbar sehen; und dann stellen sich oft Leichtsinn und Selbstüberschätzung ein. Und dies alles hat selbst große Reiche zu Grunde gehen lassen.

Es gibt einen Weg, der sich in den Hoch-Zeiten deines Erfolges und Glücks, den Boden nicht verlieren lässt, dir aber auch auf der anderen Seite aus den Tiefen des Elends heraus hilft.

Dies ist der Weg unseres Schöpfers, der in seiner Weitsicht und Umsicht uns recht rät und für uns Möglichkeiten aufzeigt, wie wir ein geordnetes Leben führen können. Dies geschieht, indem wir seine Gebote befolgen und seinen Rat annehmen.

Wer ihm nachfolgt, wird in Situationen kommen, wo er eine Hilfe sein kann oder Hilfe empfangen muss. Aus diesen beiden notwendigen Lebenssituationen lernen wir viel und können unserem Schöpfer ähnlich werden.

Selbst Jesus Christus, der viele Wundertaten vollbracht hat, hätte sich mit Recht überheblich zeigen, sogar anbeten lassen können – dies hat er nie zugelassen. Er hat dann auf seinen Vater verwiesen und ihm die Ehre gegeben. Er hat aber auch in Zeiten großer Sorgen sich dienen lassen, und war sich nicht zu fein, Hilfe anzunehmen. Denken wir an die Aussage im Garten Getsemani, wo ihm in seiner größten Not Engel dienten. Der uns vom Herrn empfohlene Weg sieht vor, zu dienen und sich dienen zu lassen. Beide Erfahrungen sind für uns lebensnotwendig, und sie lassen uns einen Weg ohne große Extreme gehen.

Gerhard Jobs
Braunschweig den 18.08.2018

Das brauchst du auch

Hast du dich einfach einmal in die Sonne gelegt, die Augen geschlossen und den Geräuschen der Natur gelauscht? An die schönen Dinge in deinem Leben gedacht? An Augenblicke, wo du glücklich warst, erfolgreich, einmal besonders beachtet wurdest?
Wer nur an seine Sorgen denkt, sich zu kritisch sieht, wer sich selber nicht mehr verzeihen kann und Fehler bei sich nicht zulässt, wird lebensmüde, depressiv und wird noch viel tiefer sein angeblich missglücktes Leben sehen.
Nicht umsonst hat unser aller Schöpfer uns in so eine schöne Natur gestellt. Mit seiner Botschaft der Freude auf eine gute Zukunft hingewiesen. Wenn du es vielleicht aus eigener Kraft nicht schaffst, deinen Wert zu erkennen, so lies in den Heiligen Schriften, und dort wirst du sehen, welchen Wert du für deinen Schöpfer hast. Wie sehr er dir helfen will erfolgreich zu sein und du dich einfach nur an der Wärme und dem Licht der Sonne erfreuen kannst. Und jede Blume, jedes Summen der Bienen, wie aber auch jeder stürmische Tag und so manches Gewitter, können dir zeigen, dass es für alle Sorgen in dieser Welt einen rettenden Anker gibt – **ihn** hat **er** für uns in die Welt gesandt und so, darum, ist **er** unser aller Erretter geworden.

Gerhard Jobs
Braunschweig den 21.04.2018

Gutes tun zeigt eine dreifache Wirkung!

Denken wir doch einen Augenblick darüber nach, wie viel doch eine gute Tat bewirkt, wie viel Freude sie nicht nur bei den Empfängern verursacht, sondern was für eine weitreichende Wirkung sie doch hat. Dies möchte ich an der nachfolgenden kleinen Aufzählung darstellen.

Sich freuen.

1) Bestimmt freut sich jemand, wenn ich ihm Gutes tue, ihm eine Hilfe bin.

2) Auch Gott der Herr freut sich, wenn für seine Kinder Gutes getan wird. Bestimmt habe ich damit seinen Absichten entsprochen.

3) Ich freue mich, und ich fühle mich wohl, wenn ich Gutes getan habe, denn Gott freut sich über jede gute Tat und er belohnt reichlich. Ist es nicht schön zu erkennen, welche Wirkung eine gute Tat hat? Auch ein wenig mehr zu verstehen, warum der Himmlische Vater so viel Wert auf das Gute legt. Besteht nicht doch eine der größten Freuden darin, zu sehen wie andere sich freuen? Und wie viel können wir im Leben mit diesen kleinen Taten doch bewirken.

siehe auch: Epheser 6:8;   Matthäus 25:40

Gerhard Jobs
Braunschweig den 18.06.2018

Verschiedene Blickwinkel

Ja, wir sind eine große Familie. Mein Mann und ich, wir haben sechs Kinder und keines von ihnen würden wir missen wollen. Jedes ist irgendwie einzigartig. Unsere Bettina ist bedächtig, sie malt gerne und freut sich, wenn ich gelegentlich mit ihr Zeit alleine verbringen kann. Philipp scheint mich kaum zu brauchen, er spielt gern alleine, und seine Geschwister sind ihm nur bedingt in seiner Nähe angenehm. Er passt dann sehr genau auf, dass keines seiner Geschwister das von ihm Erbaute, wieder durcheinanderbringt. Wenn überhaupt, hat er mehr Bezug zu meinem Mann, seinem Vater. So könnte ich ein Kind nach dem anderen aufzählen und aufzeigen, wie unterschiedlich sie sind. Und doch machen sie auch vieles gemeinsam. Wo Kinder sind, da gibt es Hektik, Lärm, Lachen und Weinen. Manchmal komme ich mir wie ein Dompteur im Zirkus vor, um alle letztlich zu einem großen, harmonischen Familienverband zusammenzubringen. Wenn wir, um in die Stadt zu gelangen, in einen Bus einsteigen, werden uns gelegentlich bemitleidenswerte Blicke zugeworfen, oder uns wird durch ein Kopfschütteln unsere angebliche Unvernunft, so viel Kinder in die Welt gesetzt zu haben, deutlich vor Augen geführt.

Frau Petersen, unsere Nachbarin, sieht das ganz anders, sie ist freundlich und dies auch besonders zu unseren Kindern. Gelegentlich bringt sie auch einmal Süßigkeiten oder ein kleines Spielzeug für unsere Kinder mit. Sie ist kinderlos. Immer war es ihr großer Herzenswunsch eine Familie zu haben. Sie ist verheiratet, aber Kinder hat sie noch keine bekommen. Ja, sie hätte sich um die Adoption eines oder mehrerer Kinder bemühen können, doch sie wollte gern ein eigenes Kind haben. Sie versucht zum Beispiel wie mit uns, Kontakt zu größeren Familien mit vielen Kindern zu haben. So fällt es ihr leichter, ihre Situation für sich erträglicher zu machen.

Und so gibt es verschiedene Schicksale. Manche hätten ihre Kinder lieber nicht gehabt. Wären gerne ledig geblieben und hätten am liebsten ihr Leben ausgiebiger genossen. Hätten Urlaubsreisen gemacht, an gesellschaftlichen Ereignissen oder Partys teilgenommen. Oder sich beruflich gerne zu einer Führungspersönlichkeit hochgearbeitet.

Nicht immer werden in unserem Leben unsere Herzenswünsche erfüllt und oft wird darunter auch sehr gelitten. Ein durchweg glückliches

Leben haben wohl nicht allzuviele Menschen erlebt. Unterschiedliche Familiensituationen, Krankheiten, Umwelteinflüsse wie auch Naturkatastrophen oder von Menschen selbst verursachte leidvolle Zeiten mit Krieg, Arbeitslosigkeit, Klassenunterschieden wie arm und reich, haben schon viele Menschen bedrängt.

Das meiste ließe sich abwenden oder verändern, wenn die Menschen sich ändern würden. Und wieder einmal kommen wir auf die Basisweisheiten zurück, die im Evangelium Jesu Christi zu finden sind. Beginnend mit dem wichtigsten: der Nächstenliebe. Was würde sich alles ändern, wenn jeder sich danach richten würde – wie viel Gutes könnte man bewirken!

Wenn jeder nur seine Augen öffnen und in seinem Mitmenschen ein Kind Gottes sehen würde! Wenn jeder seine Fähigkeiten, seine Möglichkeiten, das was ihm zur Verfügung steht, einsetzen würde – wie viel könnte man zur Veränderung zum Guten beitragen! Doch das bedeutet Überwindung, Bereitschaft sich zu ändern, einen anderen Blick für seine Mitmenschen zu haben.

Der wichtigste Kampf, den es im Leben zu kämpfen gibt, ist der Kampf mit sich selbst, sich selber ändern zu wollen. Und er trägt auch den größten Lohn in sich und dies schon hier auf Erden wie auch in der Ewigkeit.

Auch unsere Wertvorstellungen müssten neu überdacht werden. Muss Anerkennung, erfolgreich sein, bewundernswert sein, mehrheitlich an den materiellen Werten gemessen werden? Allerdings darf auch nicht vergessen werden, dass Armsein dich nicht automatisch zu einem guten Menschen macht. Wenn du zum Beispiel neidisch bist, du dir unrechtmäßig etwas aneignest, würdest du auch als ein reicher Mann nicht gut sein.

Armut wie auch Reichtum können dich gleichermaßen in die Hölle oder in den Himmel bringen. Es kommt, wie eigentlich immer, auf deine Herzensabsichten an.

Gerhard Jobs

Braunschweig den 19.02.2019

Füreinander da sein!
(betreuen 1 bis 4)

... betreuen
(Nr.1)

So habe ich sie empfunden:

Sie ist so selbssicher, klug und doch nicht im geringsten überheblich.
Bittet man um etwas, bittet man nie vergeblich.
Sie macht ruhig und kaum bemerkbar die Aufgaben, die ihr übertragen.
Sie mag es nicht, wenn man zu deutlich ihr Dank möchte sagen.

Ob sie überhaupt Sorgen oder Probleme hat, das kann man nicht
erkennen.
Fragt man danach, hat sie nichts Besonderes zu benennen.
Wer sie wirklich ist, das ist nicht leicht zu ergründen,
eigentlich kann man auch nichts Ungewöhnliches bei ihr finden.

Ich darf zu ihr kommen, in ihrer Wohnung sie besuchen
und dieses bei guten Gesprächen und ab und zu auch bei Kuchen.
Trotzdem ist es nicht leicht, ihr wirkliches Wollen zu verstehen,
ihr tiefer ins Herz zu schauen, wo sie Hilfe braucht und dies auch zu
sehen.

- - - - - - - - - - - - - - - - - - - -

So hat sie mich empfunden:

Doch wenn er kommt, ist es auch für mich eine schöne Zeit,
und ich heiße ihn willkommen und bin für einen Dialog mit ihm bereit.
Sollte ich wirklich einmal Hilfe brauchen, eine gute Tat nötig haben,
dann werde ich ihn bitten, es ihm einfach sagen.

... geben wir einander von unserer Zeit, das ist doch etwas Gutes,
etwas, das wir Menschen dringend brauchen.

... betreuen
(Nr.2)

Als Mutter hat man es wirklich nicht sehr leicht,
und oft hat man das Gefühl, wieder habe man nicht viel erreicht.
Den Haushalt zu führen, kommt der Arbeit eines Managers gleich.
Das ist Arbeit, sehr vielseitig und anspruchsvoll, ein riesiger Bereich.

Es klingelt, die Kinder kommen an die Tür gestürmt, öffnen sie und
sagen: "Sie sind da."
Die Mutter schaut nach und ihr ist klar, Hilfe, Betreung, ist ganz nah.
Mal sind es Männer, mal sind es Frauen, selbst Ehepaare sind
gekommen
und haben sich ihrer vielen Arbeit, auch der Kinder angenommen.

Ja, eine große Familie braucht immer Hilfe, die vieler Hände.
Dann hat das Sich-alleine-plagen, wenigstens gelegentlich einmal ein
Ende.
Nun braucht sie nicht alles nur alleine tun,
vielleicht ein paar Minuten auf dem Sofa sitzen und auch einmal ein
wenig ruhn.

- - - - - - - - - - - - - - - - - - - -

Wie es mich doch erfreut, wenn mich gelegentlich jemand besucht,
mir hilft, mir zuhört, mich aufzumuntern dann versucht.
Menschen, die mich mögen, mich verstehen und mir Freunde sind,
die mich achten und lieben und mir sagen: "Du bist ein von Gott
gewolltes Kind"!

. . . füreinander dazusein, kann helfen, ein wenig von der Alltagslast zu
befreien.

... betreuen
(Nr.3)

Niemand muss doch meine Tränen sehen,
was nützt es ihm, wenn er weiß, wie es mir geht.
Noch kann ich mein Leid alleine tragen,
noch brauche ich niemanden, um mich zu beklagen.
Noch braucht keiner mein Versagen sehen,
noch kann ich auf meinen beiden Beinen stehen.
Mitleid ist das Letzte, was ich brauche,
das wäre für mich wie Gülle, wie Jauche.

Ja, ich war eitel, wollte mir meinen Zustand nicht eingestehen,
deshalb sollten möglichst alle, mein wirkliches Elend auch nicht sehen.
Wer will schon zeigen, dass er am Boden liegt,
nichts Gescheites mehr auf die Reihe kriegt.

- - - - - - - - - - - - - - - - - - - -
Einen gab es, er war gelegentlich bei mir, nicht zu nah,
oft bemerkte ich ihn kaum. Doch wenn ich ihn brauchte, war er da.
Viele Worte hat er nicht gemacht,
mein Schicksal hat er ernst genommen, niemals über mich gelacht.

Er war verschwiegen und hat sich still zu mir gesetzt,
er ließ mir meine Ehre und hat mich nie verletzt.
Er half mir Mut zu haben und wieder stark zu werden,
er war mir wirklich ein Freund, der beste für mich auf Erden.

. . . ist es nicht das, was uns die Heilige Schrift sagen will mit: "   —
einer trage des anderen Last"

... betreuen
(Nr.4)

Zu begreifen, dass Menschen unterschiedlich sind und doch wertvoll in
ihrer Art.
Und jeden versuchen zu lieben, zu trösten, denn ist nicht das Leben sehr
oft viel zu hart?
Betreuen heißt, sich für seinen Nächsten einzusetzen, egal wie es auch
ausgehen mag.
Seinen Einsatz nicht zu bereuen, wenn auch er scheinbar nichts zu
verändern vermag.
Denn jede gute Tat verändert immer etwas, mindestens den, der sie tat
– und was drüber hinaus bewirkt wurde, bei dem Empfänger oder
vielleicht auch bei Menschen, die die Sache wahrgenommen haben, das
zeigt sich oft erst später.
Letztlich hat es sich gelohnt zu betreuen, zu helfen, ein guter Mitmensch
zu sein.

Gerhard Jobs
Braunschweig den 26.06.2018

Geben und Nehmen

Wenn Geben und Nehmen sich in einem ausgewogenen Verhältnis
befinden, ist ein Leben miteinander sehr viel einfacher. So ist es gut
darauf zu achten, dass eine jede der Parteien, ein jeder der Beteiligten,
zu ihrem Recht kommen. Dann sind alle zufrieden und eine gute
Zukunft steht Ihnen allen bevor.

Gerhard Jobs
Braunschweig den 14.07.2018

Das Gewitter

Der dunkle Abendhimmel wurde zu einem beeindruckenden Schauspiel. Die Blitze zuckten, das Donnern war machtvoll zu hören. Für einen kurzen Augenblick konnte man gut die Umrisse der anderen Häuser, Bäume und weitere hervorragende Gegenstände sehen. Natürlich war es nicht mein erstes Gewitter, das ich erlebt habe, doch dieses war besonders heftig. Auch möchte ich nicht verhehlen, dass mir schon ein bisschen mulmig zumute war. Als Kind bin ich dann zu meinen Eltern geflüchtet, habe bei ihnen Schutz gesucht und mir oft dabei die Ohren zugehalten und meine Augen geschlossen. Es kam schon vor, dass ich dann leise gebetet habe, obwohl ich meine Eltern nie haben beten hören. Meine Großmutter war diejenige, von der ich gelegentlich schon einmal an das Gebet herangeführt worden war. Sie hatte noch die früher oft übliche Lebensform, in der Glaube und das Beten noch eine Rolle spielten.

Nach und nach begann das Rationale bei mir die Oberhand zu gewinnen. Ich trat bewusst ans Fenster und schaute mir das Naturschauspiel an. Immer noch war eine gewisse Unsicherheit in mir. Jahre später, ich stand wieder einmal bei einem Gewitter am Fenster. Als ein sehr heller Blitz und ein ohrenbetäubendes Donnern mich dann zurückschrecken ließ, sodass ich einige Schritte rückwärts in das Zimmer trat und ich die Worte "Hilfe, Hilfe, Herr bitte hilf" gerufen hatte, war ich wie gelähmt stehen geblieben.

Der Blitz hatte tatsächlich in unser Haus eingeschlagen. Zum Glück gab es nur Brandstreifen, das Dach des Hauses hatte kein Feuer gefangen. Alle Bewohner des Hauses versammelten sich im Flur, und auch viele aus den Nachbarhäusern schauten zu uns herüber. Wir waren wirklich froh, denn es war alles gut gegangen.

Ich, ein doch eigentlich sehr nüchterner Mensch, einer, der auch im Berufsleben als Ingenieur mit der Naturwissenschaft recht vertraut ist, hatte wirklich die Worte: "Hilfe, Hilfe, Herr, bitte hilf!" gerufen.

Und wieder kamen mir die Worte meiner Großmutter in den Sinn: "Wenn es nicht mehr weiter zu gehen scheint, hilft dir das Gebet. Denn es gibt einen, unseren Schöpfer, der dir Trost und Sicherheit geben kann." Sie hatte mir davon berichtet, wie ihr Ehemann, mein Opa, an der Front , im Hagel der Bomben, viele gestandene Männer Gebete hatte murmeln hören. Und er war sich sicher, auch wenn es schwer für ihn war, dass er selbst in einigen schwierigen Situationen Schutz erhalten hatte. Einen Schutz, von dem er meinte, dieser muss ihm, wenn auch kaum erklärbar, von irgendwo anders her zuteilgeworden sein.

"Und mein lieber Enkelsohn," sagte damals Großmutter, "glaube nicht, dass dies alles Zufall gewesen ist, was ihm widerfahren ist. Oder glaubst Du, dass er es sich nur eingebildet hat? Auch ich habe schon für mich reale Wunder erlebt, die nur der verstehen kann, der ihrer teilhaftig geworden ist."

Doch manchmal braucht man nicht lange zu warten und ein Gewitter kommt, vielleicht eines von einer ganz anderen Art, ein Schicksalsschlag, eine besondere Situation, die einen wirklich fordert. Und man ist selbst überrascht, was man sagt und nach wem man dann ruft.

Vielleicht ist man dann erstaunt, wenn man gebetet haben sollte und sich ein nicht erklärbares kleines Wunder ereignet hat, was es alles für erstaunliches zwischen Himmel und Erde gibt.

Ja, dazu ist das Leben wohl da, darum sind wir auch hier, um durch solche Erfahrungen, solche unerklärlichen Wunder, Gott unseren Herrn kennen und schätzen zu lernen.

Gerhard Jobs
Braunschweig den 18.06.2018

Warum bin ich hier?

Dein Hiersein ist kein Zufall. Du bist ein Glied in einer endlosen Kette. Deine Aufgaben und Möglichkeiten sind fast unbegrenzt – hier gestaltest du im wesentlichen deine ewige Zukunft, entwickelst du dein sich in dir befindendes großes Potential. Nutze deine Zeit. Gemäß deiner Bemühungen wird dein Lohn sein.

Gerhard Jobs
Braunschweig den 20.05.2018

Ihn zu kennen, macht einen großen Unterschied

Was heute ist, das weiß ich. Was gestern war, das ist mir mehrheitlich bekannt – aber was morgen sein wird, das weiß ich nicht.
Ist es nicht gut jemanden zu kennen, der weiß, was morgen sein wird?

Es gibt diesen Einen, und die meisten haben von Ihm gehört, doch kennen sie Ihn zu wenig und vertrauen Ihm nicht. Wie hilfreich und segensreich könnte es sein, auch für dich, Ihn zu kennen.

Auch, wenn er dir nicht alles sagen wird, was die Zukunft betrifft, so sagt er dir zumindest das, was du brauchst, um in der Zukunft sicher zu sein. Es lohnt sich auf Ihn zu hören und Ihm zu vertrauen.

So haben schon einige Menschen ihrem Leben einen Sinn gegeben und konnten hoffnungsvoll in die Zukunft schauen. Auch du solltest Ihn kennenlernen und somit deinem Leben neue Akzente, ja eine neue Richtung gegeben.

Gerhard Jobs
Braunschweig den 28.03.2018

Jede Stunde deines Lebens sollte dir wertvoll sein

Als ich klein war, habe ich die Großen bewundert und so wollte ich sein. Als ich groß war, habe ich mir oft gewünscht, wieder klein zu sein.
Wenn man das, was man sich wünscht, erhält oder erlangt, so sieht das oftmals dann ganz anders aus. Immer das, was man nicht mehr ist oder hat, wünscht man sich oft wieder zu besitzen oder zu sein.
Lerne mit dem glücklich zu sein, was dir zurzeit zur Verfügung steht – dann bist du glücklich, egal, ob es etwas Kleines oder etwas Großes ist. Muss man erfolgreich oder reich sein, um glücklich zu sein? Auch unbekannte, selbst arme Menschen können glücklich sein, wenn sie ihrem Leben einen Sinn geben.

Gerhard Jobs
Braunschweig den 20.04.2018

Abhängigkeit

Wie abhängig sind wir doch von der Natur. Welche Kraft und Macht sie doch hat.

Acht Wochen kein Regen, und die Pflanzen beginnen zu vertrocknen. Lokale Gewitterstürme mit Starkregen lassen Flüsse und Bäche über die Ufer treten, und vieles mehr zeigt deutlich, welche Energie in der Natur steckt. Stürme entwurzeln Bäume und fügen den Gebäuden starken Schaden zu. Grosse Schneemengen können selbst Häuser gefährden. Und wie viel Mühe macht es, dann die Folgen zu beseitigen.

Auch geistige Abhängigkeit kann großen Schaden anrichten und viel Leid verursachen.

Worte wie: „Ohne ihn, meinen Liebsten, kann ich nicht leben. Meine Tasse Kaffee brauche ich, sonst bin ich nur ein halber Mensch". Etliche Dinge und Eigenschaften, wie berauschende Mittel, Neid und Hass, nicht vergeben zu können, selbst übertriebene Abhängigkeit von Personen etc., haben schon viele Menschen ins Unglück gestürzt und ihnen ihre sichere Lebensgrundlage zerstört.

Wie heilend, wohltuend und versöhnend sind doch die einfachen Regeln der Zehn Gebote. Wenn wir sie doch nur beachten würden.

Doch bestimmt jeder durch sein Wollen und seine Wünsche, durch sein Handeln und Tun, wie es ihm selbst und anderen ergeht.

Gerhard Jobs
Braunschweig den 13.06.2018

Gesellig und hilfsbereit zu sein lohnt sich

Du kannst wie ein Sportwagen sein und allen davonfahren, oder wie ein Bus und viele mitnehmen.

. . . nimm lieber viele mit, dann bist du nicht allein und hilfst anderen Menschen, zu ihrem Ziel zu gelangen.

Gerhard Jobs
Braunschweig den 17.07.2018

Was würde sein wenn?

Wie wäre es, wenn es heute noch Männer wie Jesaja, Jeremia, Mosia, Petrus, Moroni, Maleachi, Nephi, Matthäus, Johannes, Paulus und viele weitere geben würde?
Wenn wir Männer hätten, die im Namen Gottes und mit der Kraft des Priestertums uns den Willen des Herrn bekannt geben könnten?
Beauftragte des Herrn, die uns das Friedfertige, das was zum Guten führt, uns zur Nächstenliebe verpflichtet, lehren würden? Vielleicht würden wir nachdenklich werden und begreifen dass das, was uns umgibt, nicht nur eine Laune der Natur ist. Auch dass sich nicht alles nur zufällig gebildet hat, sondern dass eine lenkende Hand, ein Schöpfer, hinter allem steht.
Wir würden besser verstehen, welchen Wert die Familie hat, und dass alle Menschen Kinder Gottes sind, von gleichem Wert. Oder würde gar nichts geschehen, genau wie damals? Würden wir wieder die Gesandten Gottes verschmähen und in Lebensgefahr bringen?
Will der Mensch wirklich nur auf das Einfache, das was ihm nicht viel abverlangt und seinen fleischlichen und egoistischen Begierden nicht entgegensteht?
Sicher bildet sich ein hervorragender Mensch mit einem guten Charakter, mit guten Eigenschaften nicht durch Nichtstun und Bequemlichkeit. Entwicklung zum Guten ist immer mit Arbeit, Überwindung und Selbstdisziplin verbunden. Selbst Gott hat sechs Tage gearbeitet und nur am siebenten Tag geruht.
Was ich bemerkenswert finde ist, dass der Herr jedem seine freie Entscheidung lässt, er zwingt nicht, er rät nur – allerdings hat jeder die Folgen seines Handelns auch zu tragen.
Nicht die besonders vom Herrn erwählten, auch wir "einfachen Menschen" sollten viel Gutes tun und somit Abgesandte für das Gute werden. Jede freundliche Geste, jedes liebe Wort, jede Hilfe, die wir leisten, stellt für irgend jemanden eine Segnung dar. Sie geben uns ein gutes Gefühl, inneren Frieden und es können nun daraus sogar Freundschaften entstehen. Jeder neue Tag bietet uns Gelegenheiten ein bisschen an einer "guten Welt" mitzuarbeiten.

Gerhard Jobs
Braunschweig den 17.03.2018

22

. . . verschiedenes (1)

1) Schritte

Wohin soll ich meine Schritte lenken? Wer kennt den Weg, der zum
rechten Ziel mich führt?
Wer gibt mir guten Rat, der mir hilft, der mich befähigt, mein Ziel
auch zu erreichen?
Der mich liebt, der um mein Wohlergehen stets besorgt ist?
Du weißt doch, wen ich meine, oder?

2) Schmerzen

Was nicht gewünscht wird, was einem unangenehm ist, kann wichtig
sein, ja sogar lebensnotwendig. Zum Beispiel: Warum gibt es
Schmerzen?
Schmerzen bewahren uns oft vor noch größeren Schäden und
Schmerzen.
Sie warnen uns vor weiteren gefährlichen, unbedachten Schritten. Sie
lassen uns achtsamer (wachsamer) sein. Sie können uns veranlassen,
über unser tägliches Wohlergehen nachzudenken, vielleicht sogar dafür
dankbar sein.

3) Sorgen bilden oft den Gesprächstoff

In jedem Alter und den jeweiligen Lebensumständen die gleichen
Gespräche: Alte klagen über ihre Gesundheit, Mütter über Probleme mit
Kindern, Junge Menschen über ihre noch fehlende Beziehung – und
dann gibt es Menschen, die sagen gar nichts mehr. Es ist doch gut, dass
Menschen sich noch etwas zu sagen haben, denn ohne Gespräche, ohne
Kommunikation, hätten wir eine triste, ja trostlose Welt.

4) Es ist genug!

Das reicht mir, nun ist aber genug!

Irgendwann kommt jeder an seine Schmerzgrenze, er möchte und kann auch nicht mehr ertragen.

Ist diese Grenze verschiebbar? Geht da noch etwas? Du musst dich selber kennenlernen, um dich nicht zu überfordern aber es dir auch nicht zu bequem zu machen – hier offenbart sich dein Charakter.

Gerhard Jobs
Braunschweig den 17.08.2018

Scheidung

So kann ich nicht mehr mit dir leben,
so geht es einfach nicht.
Du solltest schon mehr für mich tun.
Und die nervigen Kinder sind dann auch noch da.
Ich sollte für Dich der Mittelpunkt sein.
Aus Liebe zu mir solltest du dein Leben ändern.
Auch könntest du mich ein wenig mehr verwöhnen.
Deine Arbeit und dein Hobby sollten dir nicht so wichtig sein.
Mach die Augen auf und sieh was ich brauche.
Sei sparsam, sieh doch was ich benötige, . . . neue Kleidung.
Du tust zu wenig für mich, du entsprichst nicht meinen Vorstellungen.
Auch solltst du viel einfühlsamer sein. Ich bin doch dein Mittelpunkt.
– Du willst nicht? Ich schaue mich jetzt nach einer anderen Frau um.
Einer, bei der **Ich** im Mittelpunkt stehe. Mit ihr wird alles viel besser.
Sie wird mich lieben, verwöhnen, und von mir nur in den höchsten Tönen reden.

. . . was meinst Du, wie glücklich wird wohl seine nächste Ehe werden?
Und wie ist Deine?

Gerhard Jobs
Braunschweig den 28.12.2018

Einige Kleinigkeiten

Glücklichsein ist in den meisten Fällen eine Einstellungssache.

Was du als Glück empfindest, kann für den Anderen wenig Bedeutung
haben. Auch spielt das Alter und die Lebenserfahrung eine große Rolle.
Was du heute liebst, kann dir später eventuell wenig bedeuten.
Suche dein Glück auch in den momentanen Augenblicken deines
Lebens.

Was mir nützlich ist, ist nicht immer das, was ich gerne mag.

Denn oftmals erkennt man den Wert einer Sache am Anfang nicht. Und
erst später ist man den Menschen dankbar, die einen auf das Wichtige
hingewiesen haben, . . . wenn es nicht schon zu spät ist.

Bewahre dir deine Liebe

Bewahre dir deine Liebe, auch wenn dich das Leben etwas anderes
lehren will. Einander wirklich zu lieben, lässt dich vieles besser
ertragen. Die Liebe ist der starke Arm Gottes.

Charakter

Wie viel du von deinen Vorsätzen umgesetzt hast, sagt viel über dich
und deinen Charakter aus.

Sorge dich nicht, jeder muss nur sein Handeln verantworten!

Für das was man an dich heranträgt oder wie man dich behandelt, das
haben andere zu verantworten.
Wie Du darauf reagierst, wie du dich verhältst, das aber musst du
verantworten.

Gerhard Jobs
Braunschweig den 24.04.2018

Mutter!

Das Wort Mutter hat einen besonderen Klang, welches Wort drang tiefer Dir in Dein Herz?
Es klingt wie ein Liebeslied, gefüllt mit Sanftmut und Güte, bald lindernd jeden Schmerz.
Warst Du übermütig, kaum zu bändigen und tatst gelegentlich ihr manch üblen Scherz,
rollte sie dann mit den Augen und blickte kopfschüttelnd einfach nur himmelwärts.

Oft kam es vor, dass ich sehr müde, erschöpft und hungrig aus der Schule kam,
doch dies hielt nur solange an, bis ich den leckeren Duft aus der Küche dann vernahm.
Nicht immer hat die Stimme meiner Mutter mich begeistert und erfreut, meine Anwort dementsprechend und später, als ich dann verstand, habe ich es sehr bereut.

Einiges versteht man halt nicht sofort und Jahre später, als ich selbst erwachsen war,
habe ich über vieles nachgedacht und mir wurde nun aus eigener Erfahrung endlich klar,
dass nur ein besonderer Mensch, mit besonderer Qualität, mich lieben und erziehen sollte.
Für mich konnte dies nur meine Mutter sein, weil sie mich liebte und unser Schöpfer es wohl so wollte.

– ich sage danke Mutter, noch ist es nicht zu spät.
Du weißt nicht wie sehr es sie erfreut, wie sehr zu Herzen ihr das geht, denn sie liebt Dich, und die schönsten Jahre ihres Lebens hat sie für Dich gegeben.

Gerhard Jobs
Braunschweig den 12.05.2018

Phasen des Lebens
(. . . ein Dank an meine Eltern)

Still, den Kopf gesenkt, stand ich am Grab meiner Mutter. Ich warf meinen kleinen Blumenstrauß auf den Sarg. Nun war auch sie meinem Vater, ihrem lieben Ehemann, auf die andere Seite unseres Daseins gefolgt.
Ich schritt wieder zurück und weitere Bekannte verabschiedeten sich von meiner Mutter.
In meinen Gedanken erlebte ich noch einmal einige Stationen meines Lebens.

Meine Geburt war wohl nichts Besonderes, eine von vielen, doch meine Mutter sah das ganz anders, ich war für sie das schönste Baby der Welt. Meine Eltern liebte ich, die Schule weniger und doch haben sie mich überredet fleißig zu sein, – wie auch immer.

Ja, diese Ohrfeige hatte ich verdient, immer musste ich auch meine Schwester ärgern, und sie war doch 3 Jahre jünger. Gelegentlich war ich schon ein Aas, dachte ich bei mir.

Ist das der rechte Umgang, den Du pflegst? So sollte ein Mädchen nicht aussehen. Hast Du das kleine Tatoo auf ihrem rechten Arm gesehen? Ich war ärgerlich und sagte: "Seit wann achtest Du so auf Äußerlichkeiten?" Nun ja, nach ca 4 Monaten, war es sowieso zu Ende, wenn man jung ist und sich selbst erst einmal finden muss, kann eine kurze Jugendliebe einen schon ins Herz treffen. Und Mutter war von einer Sorge befreit – mein Vater sagte zu all dem nicht viel, er wartete nur ab.

Sieben Jahre später, als ich dann Sabrina meinen Eltern vorstellte, war alles zum Besten. Auch meine Eltern mochten sie sehr gern. Und tüchtig haben sie bei unserer Hochzeit mitgeholfen und sich gefreut. Und welche Freude hatten meine Eltern erst, als ihr erste Enkelkind zur Welt kam, ein hübsches kleines Mädchen.

Auch beruflich ist alles recht gut gelaufen, ich war nach meinem Studium bei einer größeren Firma in einer Position als Angestellter tätig. Etliche Male sind unsere Eltern mit meiner Familie in Urlaub gefahren, und wir erlebten eine schöne gemeinsame Zeit.

Eine Zeit von besonderer Nähe war es, als man Vater verstarb und meine Frau wie auch ich, aber auch die Enkelkinder, meiner Mutter viel Liebe zeigen konnten   – so konnten wir ein wenig zurückgeben, von dem vielen, was sie uns Gutes getan hat.

Was einem doch alles so in einer doch recht kurzen Zeit durch den Kopf gehen kann. Gedanken können schnell sein. Doch auch tiefgründig und sehr bewegend. Mir wurde klar: "Ich liebte meine Eltern" – und vieles habe ich von ihnen gelernt und selbst in meinem Leben angewandt. Ich hoffe, dass es meiner Frau und mir auch gelingen mag, unseren Kindern so nah zu sein, dass, wenn die Zeit des Abschieds kommt, sie sich auch gern an uns erinnern.
Weise hat es unser Schöpfer eingerichtet, dass wir uns buchstäblich auf die Hinterlassenschaften unserer Vorfahren stellen können. Sie haben uns ein gutes Startfeld hinterlassen und somit auch die Verpflichtung auferlegt für die Menschen, die uns nachfolgen, ein Wegbereiter zu sein.

Gerhard Jobs
Braunschweig den 13.09.2018

Gegensätze

Ich war traurig und mutlos, ohne Perspektive, bis ich begriff, dass Traurigsein zum Leben gehört.
Ich war glücklich, ich hätte die Welt umarmen können und ich verstand, dass auch das Glücklichsein unbedingt zum Leben gehören muss.

Ich hatte erkannt, dass Gegensätze, Abwechslung und Veränderung ein Teil unseres Lebens sind. Dass Herausforderung, wie auch Ruhe und Entspannung notwendig sind für unsere Entwicklung.
Erst dadurch gewinnt das Leben, unser Leben, an Vielfalt und Schönheit.

Gerhard Jobs
Braunschweig den 24.04.2018

Behindert?! Normal?!

Ich sah jemanden mit einer offensichtlichen Behinderung und ich fühlte Mitleid. Gleichzeitig freute ich mich aber, dass ich keine Behinderung hatte. Zumindestens keine offensichtliche. Und irgendwie kam mir in den Sinn: "Ist nicht jeder irgendwie behindert?" Weist ein nicht normales Verhalten auf? Vielleicht nur ganz geringfügig, kaum zu bemerken, und ich liege noch immer nahe bei der Ideallinie des Normalen. Ja, was ist normal? Vielleicht die Regressionsgerade, gebildet aus den vielen Verhaltensformen. Eine Behinderung kann sich nach und nach fast unmerklich einstellen, so dass ich mich vom normalen Verhalten der meisten Menschen immer mehr entferne. Und wie sieht es mit unserem Verhalten gegenüber anderen aus? Bei den Generationsunterschieden, den Sitten und Gebräuchen verschiedener Kulturkreise? Was ist normal? Auch unterschiedliche Verhaltensformen können in dem kulturellen Miteinander eine Behinderung darstellen, sodass der Umgang miteinander schwierig werden kann.

Außerdem ist das "Normale" doch der Zeit zugeordnet, in der ich lebe. Was vor 100, 200 Jahren normal war (Bildungszustand, Glaube an Gott, Verhältnis zwischen Eltern und Kindern, berufliche Umstände et cetera), kann sich heute ganz anders darstellen. Das Normale ändert sich mit dem Verhalten der Gesellschaft.

Die großen körperlichen und geistigen Gebrechen, die eine Behinderung darstellen, sind relativ zeitneutral und sie verdienen unsere besondere Beachtung. Da gilt es, so weit man dazu in der Lage ist, zu helfen. Bei den unterschiedlichen Verhaltensformen ist aber auch Freundlichkeit und Mitgefühl gefragt – denn wer kann schon so schnell aus seiner eigenen Haut. Verständnis, Respekt vor einander und Nächstenliebe sind die hilfreichsten Komponenten, um ein gutes Miteinander zu erleben und dies auch, wenn zwischen den einzelnen Personen merkbare Abweichungen von dem "Normalen" vorliegen. Das, was ich als normal empfinde, ist doch äußerst subjektiv. Meine Meinung, gebildet aus meinen Lebensumständen ist mein "Normal". Auch ist zu bedenken, dass dies nur für den Augenblick gilt, denn auch mein "normales Empfinden" wird von dem Wandel der Zeit und meiner persönlichen Veränderung bestimmt.

Gerhard Jobs
Braunschweig den 20.03.2018

Jede Stunde deines Lebens sollte dir wertvoll sein

Als ich klein war, habe ich die Großen bewundert und so wollte ich sein. Als ich groß war, habe ich mir oft gewünscht, wieder klein zu sein.

Wenn man das, was man sich wünscht, erhält oder erlangt, so sieht das oftmals dann ganz anders aus. Immer das, was man nicht mehr ist oder hat, wünscht man sich oft wieder zu besitzen oder zu sein.

Lerne mit dem glücklich zu sein, was dir zurzeit zur Verfügung steht – dann bist du glücklich, egal, ob es etwas Kleines oder etwas Großes ist. Muss man erfolgreich oder reich sein, um glücklich zu sein? Auch unbekannte, selbst arme Menschen können glücklich sein, wenn sie ihrem Leben einen Sinn geben.

Gerhard Jobs
Braunschweig den 20.04.2018

Ein Unfall, ein Missgeschick kann vieles ändern

Ich habe mich des Öfteren über Menschen, die unbeholfen, teilweise sogar gebrechlich waren, lustig gemacht. Denn ich war körperlich fit, geistig beweglich und von stattlicher Erscheinung. Doch nach meinem Unfall war ich auch einer von denen, über die ich gelacht habe – nun lache ich nicht mehr und beginne zu begreifen, was ich doch für ein Ekel war.

Klug ist der, der so viel Liebe entwickelt hat oder rechtzeitig begreift, dass man sich einiges in seinem Leben nicht aussuchen kann

Gerhard Jobs
Braunschweig den 20.04.2018

Konservieren - aktualisieren

Ich war dabei, den Nachlass meiner Großeltern auszusortieren. Etliches war alt und bedeutete mir nichts. Doch waren auch Dinge dabei, die ich gerne für mich behalten wollte. Unter anderem fand ich in einem Kasten alte Tonbänder, diverse Floppy Disks in den Größen 5 1/4 und 3 1/2 Zoll vermutlich mit diversen Aufzeichnungen von meinem Opa. Er war wohl nicht mehr dazu in der Lage gewesen, sie auf moderne Speichermedien zu übertragen, aber mein Vater hätte es doch tun sollen. Nun blieben sie mir erst einmal verschlossen, denn wo finde ich noch solch alte Geräte für diese Disks und Tonbänder, um mir deren Inhalt ansehen oder anhören zu können?

Das hat mich nachdenklich gestimmt, wie viel gute, wertvolle Dinge, Aussagen, Aufzeichnungen können uns verloren gehen. Auch ich habe viele gute Dinge meiner Familie, zum Beispiel mein Tagebuch, meine Lieblingsmusik, viele Bilder mit der zurzeit gängigen Technik aufgezeichnet und konserviert. Dinge, die mir wertvoll sind, die ich gerne auch meinen Nachfahren zur Verfügung stellen würde. Und hoffentlich werde ich bei der schnellen Innovation in der Technik und weiteren neuen Erfindungen, die sich zeigen, nicht verpassen, alles auf die neuen Formate zu bringen.

Letztlich ist es mir doch gelungen bei meinen Großeltern, die noch so alte Geräte bei sich stehen hatten, an den Inhalt meiner Daten, die auf den alten Disks und Bändern gespeichert waren, zu kommen. Und wie gerührt war ich, die vielen Bilder von meinen Großeltern oder Eltern zu sehen, selbst einige von meiner Jugendzeit waren darauf abgespeichert. Nie hätte ich sie wiederbekommen können. Musik, die meinen Großeltern gefallen hat, kann ich nun hören und mir im Geist gut vorstellen, wie sehr sie sie gemocht haben und wie sie sich dazu vielleicht bewegt haben.

Besonders eine Stelle, wo mein Großvater und meine Großmutter abwechselnd, es war wohl so um die Weihnachtszeit, ihre Gefühle für ihre Familien auf diese Medien aufgezeichnet hatten, berührt mich. Selbst ich, ihr Urenkel und auch meine Schwester, wurden dort erwähnt. Wie persönlich das alles war. Wie liebevoll dargebracht. Ich war schon angerührt, als ich mir das alles anhörte und ansah. Gelegentlich musste ich schon zu meinem Taschentuch greifen. Welch ein Wert doch Erinnerungen haben können. Wie viel die Aussagen über die Empfindungen anderer, in diesem Fall unsere Familie betreffend, uns bedeuten können. Wenn ich jetzt Aufzeichnungen von meiner Zeit, von meiner Familie, von meinem Leben mache, sehe ich dies alles mit ganz anderen Augen und mit anderen Gefühlen. Hoffentlich vergesse ich nicht, alles rechtzeitig auf das gegenwärtige Format zu bringen und für meine Nachwelt, besonders für die, die ich liebe, zu erhalten.

Wie viel besser hat es doch der himmlische Vater eingerichtet. Alles wird in unserem Gehirn gespeichert. Auch wenn wir es nicht immer sofort präsent haben, ist man erstaunt, wenn man einen gewissen Anstoß bekommt, an wie viel man sich plötzlich wieder erinnern kann. Nichts geht verloren. Alles, sei es Gutes aber auch Schlechtes, alles, was wir getan haben, ist als Beweis unseres Lebens gespeichert und es ist im entscheidenden Augenblick abrufbar.

Darum heißt es in der Heiligen Schrift: "Wir werden unsere eigenen Richter sein."
Wie wichtig ist es daher, sich genau zu überlegen, womit man sich beschäftigt, was man auf sich einwirken lässt. Welche Erinnerungen, also egal ob Worte, Empfindungen und Gedanken es sind, die unser Gehirn füllen – alles ist wieder abrufbar. Und es legt Zeugnis für oder gegen mich ab.

Gerhard Jobs
Braunschweig den 09.09.2018

Einsam

Einsam ist auch der, der nur sich selber sieht.

Gerhard Jobs
Braunschweig den 09.09.2018

Achte auf das, was du auf Dich einwirken lässt!

Dein Gehirn nimmt alles, was Deine Sinnesorgane wahrnehmen, in sich auf, auch wenn man oftmals nicht alles sogleich wieder abrufen kann. Und doch steht Dir vieles davon für Deine Ideen und Dein Handeln und Denken zur Verfügung. Somit wirst Du von dem, was Du auf dich einwirken lässt auch beeinflusst. Daher sagt man: Womit du Dich beschäftigst, so bist Du letztlich auch. Daher ist es bedeutend darauf zu achten, womit Du Dich beschäftigst oder was Du auf Dich einwirken lässt.

Gerhard Jobs
Braunschweig den 08.06.2018

Einmal möchte auch ich der Erste sein!

Mama, ich möchte doch auch so gerne einmal Erster sein. Alle anderen gewinnen immer, nur ich nicht. Ich bin einer der kleinsten in meiner Klasse. Wann kommt auch für mich einmal eine gute Zeit? Geht es uns Erwachsenen nicht auch gelegentlich so, dass wir einmal die Ersten sein wollen? Einmal anerkannt, vielleicht sogar ein wenig bewundert? Zu einem gewissen Maße leben wir auch von der Anerkennung, die uns von anderen zuteil wird. Jeder möchte doch irgendwie einen angemessenen Platz in der Gesellschaft haben. Das ist grundsätzlich menschlich und auch in Ordnung. Bloß mit welchen Mitteln und zu welchem Preis wollen wir dieses Ziel erreichen?! Versuchen wir es mit fairen Mitteln? Oder ist uns jedes Mittel recht? Unser Charakter offenbart sich dadurch, wie wir versuchen ein Ziel zu erreichen. Sicher ist es gut, zielstrebig auf sein Ziel hinzuarbeiten. Doch sollten wir feststellen, dass es nicht ganz gereicht hat und ein anderer vor uns am Ziel war, sollten wir uns mit ihm freuen. Vielleicht reicht mein Talent nicht aus, und ich werde nie der Erste sein. Aber ich kann meine Höchstform erreichen und kann damit zufrieden sein. Vielleicht liegen meine Talente auch auf einem anderen Gebiet. Man kann nicht mehr als alle seine Möglichkeiten einsetzen und bis an seine Grenzen gehen. In der Regel können und sollten wir nur bis an unsere Grenzen gehen. Wenn wir unserem Körper mehr abverlangen, als für ihn gut ist, würden wir Ihm sogar großen Schaden zufügen. Tun wir unser Bestes, geben wir uns Mühe und seien wir dann damit zufrieden. Überhaupt sollte man die Leistung nicht überbewerten, sondern erkennen, dass wir auf dem Weg dorthin, auch wenn wir nicht die Nummer eins werden, viel für unsere Persönlichkeit getan haben. Sind beispielsweise Zielstrebigkeit, Ausdauer, Fairness anderen gegenüber nicht gute und Charakter prägende Merkmale? Gut ist es doch auch schon, sein Bestes erreicht zu haben – und wie viel Leid ist schon dadurch entstanden, wenn man mit "allen Mitteln" versucht, besser als andere zu sein.

Gerhard Jobs
Braunschweig den 13.02.2018

Was mir nützlich ist, ist nicht immer das, was ich gerne mag

Denn oftmals erkennt man den Wert einer Sache am Anfang nicht. Und erst später ist man den Menschen dankbar, die einen auf das Wichtige hingewiesen haben, . . . wenn es nicht schon zu spät ist.

Gerhard Jobs
Braunschweig den 08.04.2018

Am Ende sieht man, ob sich etwas lohnt!

Wenn ein weiter Weg noch vor dir liegt, kann das sehr betrüblich, sogar bedrückend sein.
Gehe mutig vorwärts, Schritt für Schritt, letztlich ist der Sieg doch dein.
Schau gedanklich auf das Ziel, lass in deinem Bemühen nicht nach.
Tust du es nicht, wirst Du schwach und deine Kräfte liegen brach.

Blicke weiter freundlich drein, und bleibe fest auf deinem Weg
Bedenke, über jedes Hindernis gibt es eine Brücke, einen Steg.
Sei es ein sportliches Ziel, eine schwierige Klausur, ein berufliches Ziel,

glaub an dich, streng dich an, sei kein Pessimist, vertraue deinem inneren Gefühl.

Auf deinem Weg wirst du viel Spötter treffen,
diese werden verächtlich lachen, doch das sind nur kleine Kläffer.
Sie wollen dir den Weg schwer nur machen,
bleib beharrlich, schreite vorwärts, am Ende werden sie nicht mehr lachen.

Für das Siegen gibt es Regeln und recht feste Normen,
alles auf dem Weg macht dich stark und wird dich formen.
Dein wirklicher Sieg ist nicht nur das erreichte Ziel allein,
sondern du hast dich verändert, du bist besonders – du wirst nun ein ganz anderer sein.

Gerhard Jobs
Braunschweig den 12.03.2018

Der Feldblumenstrauß
(. . . nur ein Märchen?)

Die Tochter des Königs war ausgeritten, unterwegs durch Wald und Flur, durch Wiesen und Felder. Dabei kam sie an einer Gärtnerei vorbei, die unter anderem ein großes Rosenfeld hatte; und sie konnte zusehen, wie eine Gärtnerin mit ihrer schönen Tochter und ihrem eleganten, gepflegten Sohn Rosen zu schönen Gestecken und Sträußen, vielleicht für eine große Feierlichkeit zusammenstellte.
Nun führte ihr Weg sie weiter von der Stadt weg und ihr war dabei aufgefallen, dass ein junger Mann am Wegrand Blumen pflückte. Ganz behutsam und sehr sorgsam pflückte er diese und jene Blume. Zwischendurch sah er sich den Strauß an, steckte die Blumen recht gut sortiert zusammen, bückte sich wieder, um neue Blumen zu finden und dem Strauß hinzuzufügen.
Sie ritt weiter auf den Stadtrand zu und kam an einem großen Tulpenfeld vorbei. Die Vielfalt der Tulpen war beachtlich. Es gab rote , gelbe und schwarze Tulpen. Einige hatten einen glatten und andere einen gekräuselten Rand. "Wunderschön, diese Farbenpracht und diese Vielfalt", dachte sie bei sich. Etliche junge Männer und junge Frauen

waren dabei, Sträuße für den kommenden Wochenmarkt vorzubereiten. "Schön ist es, einer Arbeit nachzugehen, die einen in solch einer schönen Blumenpracht arbeiten lässt" dachte sie. Bewusst war sie ausgeritten, um innerlich Ruhe zu finden, denn heute war für sie ein besonderer Tag. An diesem Abend sollten die jungen Männer des Landes Gelegenheit bekommen, sich als eventuelle Kandidaten, als der zukünftige Ehemann der Königstochter, zu bewerben.

So war es vom König vorgesehen, dass heute, an diesem besonderen Feiertag des Landes, jeder junge Mann, der den Mut und den Wunsch hatte, und meinte der richtige Bräutigam für seine Tochter und später ein würdiger Landesherr zu sein, seinen Antrag machen durfte. Er sollte ein guter, liebevoller und weiser Ehemann für seine Tochter und in Zukunft ein für das von ihm so sehr geliebte Volk, ein guter Landesherr sein.

Jeder Bewerber, der um die Hand der Königstochter anhalten wollte, sollte mit einem Blumenstrauß vor ihm und seiner Tochter hintreten, dann den Blumenstrauß überreichen und sagen, warum er diese Blumen für seine Tochter ausgewählt hat.

Die Königstochter war schön und die Möglichkeit, eines Tages der Herrscher über das ganze Land zu sein, veranlasste viele, um sie zu werben.

Der Tag der Entscheidung, dieser besondere Tag, war nun gekommen; und viele Männer, die um die Hand der Königstochter anhalten wollten, überreichten ihre Blumen und sagten aus, warum sie diese Blumen gewählt hatten.

Ein elegant gekleideter junger Mann trat vor und überreichte einen Strauß mit Nelken und er sagte dazu: " O du edle Königsstochter, hier dieser Strauß Nelken, möge meine Liebe zu Dir sowie auch mich, mit meinen Aufgaben als späterer Landesherr, niemals matt werden und verwelken lassen." Er verneigte sich und ging.

Ein weiterer Bewerber trat hervor. Er hatte einen Strauß mit Tulpen in der Hand, die er überreichte und sagte: "Diese Tulpen haben für mich die schönste Form, wie kleine Kelche, die jede Biene einlädt zu ihr zu kommen und von ihrem Nektar zu trinken. Du bist wie eine Tulpe, du lädst ein und wer möchte nicht zu Dir kommen? So bin auch ich gekommen, berauscht von Deiner Schönheit, um in Deinen Armen in tiefer Liebe zu versinken." Er lächelte, streckte seine Arme aus, ihr entgegen, senkte sein Haupt und ging wieder zurück.

Noch ein Bewerber, ein sehr eleganter und selbstbewusster junger Mann trat vor und überreichte einen Strauß Rosen, dazu sagte er: "Die Rose ist die Königin der Blumen, die schönste, die begehrenswerteste, – so sieh mich an, bin ich es nicht, der dann an Deiner Seite, Dich und das Reich zum Erblühen und zum größten Ruhm führen kann?!" Elegant verbeugte er sich nun tief, lächelte siegesgewiss und ging erhobenen Hauptes in die Reihen der Bewerber zurück.

Eine kleine Weile verging, dann trat noch ein Bewerber vor, etwas zögerlich zwar, nicht ohne Selbstvertrauen. Er war der Letzte von allen gewesen, der vor dem König und der Königstochter als Bewerber angetreten war. Er ging auf den König und die Königstochter zu, verneigte sich, blickte dann zu beiden auf und überreichte seinen Blumenstrauß. Es war ein Feldblumenstrauß. Wieder blickte er die Königstochter an und sagte dann: "So vielfältig, so farbenfroh, wie diese Blumen in diesem Blumenstrauß will ich in meiner Liebe zu Dir sein. Ich weiß auch, so unterschiedlich sind die Menschen in diesem Land und doch so einzigartig in ihrem Wesen; und darum ist es notwendig, sich um jeden Einzelnen zu bemühen, damit das ganze, schöne Land in seiner Vielfalt erblühen kann."
Er schwieg einen Augenblick und sah dann erneut den König, besonders aber die Königstochter an, lächelte ein wenig verlegen, senkte sein Haupt und ging.
Die Königstochter schien nachdenklich und meinte, in ihm, den jungen Mann wieder erkannt zu haben, der den Feldblumenstrauß gepflückt und Blume für Blume in den Blumenstrauß platziert hatte.

Sie dachte bei sich:

Ich fühlte und wusste, dass jedes Mal, wenn er sich gebückt,
er dann Blume für Blume nur für mich hat gepflückt.
Er hat sich bemüht, eine weitere, schöne für mich zu finden,
um sie dann alle für mich, zu einem Feldblumenstrauß zu binden.

Ihr Herz hatte gesprochen, auch hatte sie noch immer seinen
Feldblumenstrauß in ihrer Hand. Sie blickte ihren Vater, den König, an
und sagte:

"Ich habe gesehen wie unermüdlich, wie fleißig und liebevoll er an der
Vollendung dieses Blumenstraußes gearbeitet hat. Dann werden wir
gemeinsam unsere zukünftige Familie und auch das uns dann
anvertraute Volk des Landes in eine gute Zukunft führen können. Somit
ist er der Mann meiner Wahl."

Der König stimmte seiner Tochter zu, bat den Erwählten zu Ihnen zu
kommen, schaute ihn an und sagte mit klarer Stimme: "Seid glücklich
miteinander; und zum gegebenen Zeitpunkt werde ich die
Verantwortung für mein Reich, für mein geliebtes Volk, auf euch
übertragen."

> Nur wer den wirklichen Wert, der hinter dem
> Sichbemühen steckt, erkennt,
> der sorgsam Stück für Stück zu einem großen Ganzen
> zusammenstellen kann,
> der wird auch die richtigen Entscheidungen treffen,
> um Großes zustande zu bringen.
> Gutes fällt einem nur sehr selten einfach so zu, alles
> muss hart erarbeitet werden.

> Gerhard Jobs
> Braunschweig den 19.05.2018

Ein Haus der Liebe

Wenn zwei Menschen sich miteinander verbunden haben, beginnen sie gemeinsam, das "Haus ihres Lebens" zu bauen. In dem es sich hoffentlich gut wohnen lässt.
Wenn jeder seinen Anteil des Hauses selber baut, kann es passieren, dass die beiden Teile nicht gut zusammenpassen. Denn jeder hat nach seinem eigenen Gutdünken und seinen eigenen Vorstellungen gebaut.

Wenn beide vorher festlegen, wie ihr Haus aussehen soll, sich über Einzelheiten und Notwendigkeit abgestimmt haben, können beide Teile ein gutes Haus ergeben. Denn man hat sich ja miteinander abgestimmt und geeinigt.

Wenn über eine sachliche Klärung hinaus noch tiefe Zuneigung und Liebe im Spiel sind, sieht das Bauen des Hauses ganz anders aus.
Jeder beginnt nun das Haus so zu bauen, wie es auch dem anderen besonders gut gefallen würde. Letztlich baut jeder seinen Hausanteil mit dem Wunsch, es würde dem anderen sehr erfreuen.
So wie es seinem Partner am besten gefallen und er sich darin wohlfühlen würde.
So baut einer für den anderen, mit viel Liebe, mit dem Sich-bemüht-haben herauszufinden, was dem anderen gefällt. Und ich glaube auch, dass die Arbeit beim Erbauen des jeweiligen Hausanteils einem viel leichter gefallen ist. Und bestimmt hat man sich schon gefreut, mit welcher Begeisterung der jeweilige Partner seinen Hausanteil dem gemeinsamen Haus zur Verfügung stellen kann.

Gerhard Jobs
Braunschweig den 18.07.2018

Dein Wissen

Dein Wissen nützt dir nicht viel, wenn Du es nicht einsetzt.
Sei es beim Gestalten Deines Lebens oder beim Abwenden von Gefahr.
Ungenutzes Wissen, ist wie das nicht benutzen seiner Moglichkeiten
und dies ist auch recht verantwortungslos.
Seien wir doch dankbar, dass uns das erlangte Wissen, in vielem in
unserem Leben eine Hilfe bedeuten kann.

Gerhard Jobs
Braunschweig den 11.06.2018

Wissen und Weisheit

Weisheit ist das richtige Anwenden, das richtige Benutzen des Wissens.
Bekannt ist: "Wissen ist Macht" – und nur der Weise und Liebevolle
wird sie zum Wohle aller anwenden.

Alle Weisheit nützt uns nichts, wenn man nichts hat, was man weise
einsetzen kann.

Daran sehen wir, wie stark Wissen und Weisheit miteinander verbunden
sind.

Andererseits, was nützt es dem Wissenden, wenn er mit seinem Wissen
nicht weise umgeht
– es könnte sogar gefährlich sein.

Wie dankbar können wir sein, dass es den **Einen** gibt, dessen Wissen
und dessen Weisheit, wie auch seine Liebe so groß sind, das er alles
zum Wohle für uns Menschen bereitgestellt hat.

Eine Erde, auf der wir leben können, eine Vegetation, die uns Nahrung und Erholung bietet. Materialien, aus denen wir fast unendlich viel gestalten und erbauen können und nicht zuletzt, ein Weltall ohne Grenzen.

Die in seiner Liebe für uns aufgestellten Empfehlungen und Verhaltensregeln helfen uns, sodass wir liebevoll mit unserem Wissen zugunsten unserer Mitmenschen umgehen können – wenn wir dazu bereit sind.

Gerhard Jobs
Braunschweig die 27.08.2018

Warum bin ich hier?

Wenn man sich irgendwo befindet, ist es doch gut, sich zu fragen: "Warum bin ich hier?" Egal ob man nun freiwillig hierher gekommen ist oder an diesen Ort gestellt wurde.

Es ist schon wichtig, wenn nicht sogar lebensnotwendig, den Ort zu kennen, wo man sich aufhält.

Was hält der Ort für mich bereit? Wohin führt mich das Hiersein? Welchem Einfluss bin ich ausgesetzt und welche Möglichkeiten habe ich steuernd einzugreifen?

Sollte ich ohne mein Zutun mich an diesem Ort befinden, ist es wirklich wichtig für mich zu wissen, wer hat mich hierher gebracht und was soll ich hier? Wer ist es, der so dreist mit mir umgegangen ist und ohne mich zu fragen, mich an diesen Platz gestellt hat?

Wir sehen, allein schon der Ort an dem wir uns befinden, wirft viele Fragen auf. Dieses zu ergründen, ist eventuell eine Lebensaufgabe und wirklich nicht bedeutungslos.

Meine Entwicklung, mein Wohlbefinden hängt doch sehr von all diesem ab. Alle diese Fragen zu beantworten, dieses Geheimnis zu lüften, ist mit ausschlaggebend für mein Leben – seien wir erfolgreich darin, den Sinn unseres Lebens zu finden, unsere ewige Existenz hängt davon ab.

Gerhard Jobs
Braunschweig die 26.08.2018

Vorankommen, nur hier?

Wenn du gut vorangekommen bist, hat sich das nur gelohnt, wenn du in die richtige Richtung gegangen bist, notfalls musst du die ganze Strecke zurückgehen und bist wieder nur an deinen Ausgangspunkt gelangt. Folglich ist es wichtiger, sich vorher über sein Ziel im Klaren zu sein, als einfach nur wild drauflos zu laufen.

Im Leben ist es leider nicht ganz so einfach. In jungen Jahren fehlt einem oft noch der Überblick. Aber selbst einem schon gestandenen Menschen mit mehr Lebenserfahrung, kann es aufgrund der Vielfalt der Angebote und der Möglichkeiten schwerfallen, sein Ziel zu definieren und es somit anzustreben.

Etliches, vielleicht sogar vieles, hat man dadurch nicht erreicht. Man hat seine Zeit vielleicht nicht effektiv genutzt. Die vielen Nichtigkeiten dieses Leben, die es überall zu finden gibt, haben uns gefangen genommen und abgelenkt. Wir haben uns nicht voll und ganz auf unser Ziel konzentriert und das Gewollte nicht erreicht. Und dann ist man leicht geneigt, den Erfolgreicheren neben sich, um seinen Erfolg zu beneiden.

Besser ist es sich wieder auf sein Ziel zu besinnen und nun in die richtige Richtung zu gehen. Wir haben halt eine Erfahrung gemacht. Aber darum sind wir auf der Erde, um Erfahrung zu sammeln, um vielleicht sogar ein wenig Weisheit zu erlangen. Oft ist es noch nicht zu spät und einiges kann man nun nachholen oder reparieren.

Ja, es ist wichtig, den Wert dessen, was man anstrebt, vorher gut zu hinterfragen – ist es ein gutes Ziel, das ich erreichen möchte?

Sehr wirkungsvolle Ziele wären Ziele, die nicht nur für uns gut sind, sondern die für viele einen Vorteil, ein Segen sein würden. Die beispielsweise uns ein gutes und erfolgreiches Miteinander ermöglichen. Ziele also, die uns nicht nur materiell voneinander unterscheiden.

Das nun Erreichte kann einem auch schnell wieder verlorengehen. Etwas, was man erreicht hat, beizubehalten, ist oft schwieriger als es erlangt zu haben.

Auch unser Schöpfer hat uns Ziele und Verhaltensweisen empfohlen und uns einiges über deren Wirkung gesagt.

Zum Beispiel:

A) Buch Exodus 20:12 Ehre deinen Vater und deine Mutter, damit du lange lebst in dem Land, das der Herr, dein Gott, dir gibt.

B) Matthäus 19: 16.Es kam ein Mann zu Jesus und fragte: Meister, was muß ich Gutes tun, um das ewige Leben zu gewinnen?

17 Er antwortete: Was fragst du mich nach dem Guten? Nur einer ist "der Gute". Wenn du aber das Leben erlangen willst, halte die Gebote!

Da sind uns doch wirklich große Verheißungen angeboten, für die Zeit auf dieser Erde und für die Zeit danach.

Es gibt sogar Ziele, die liegen jenseits diese Erdenlebens. Ewiges Leben erlangen wir, indem wir Gottes Gebote halten.

Einige werden lächelnd fragen: "Nehmen wir einmal an, es gäbe ein ewiges Leben, eine Zeit nach diesem Erdenleben, dann würde ja alles von einem Gott abhängen.

Hier setzt der Glaube an. Gibt es Gott? Dieses herauszufinden ist unser wichtigstes Ziel auf Erden. Denn fast alles hängt davon ab, selbst meine ganze Existenz.

Wenn es ihn gibt, geben uns die Heiligen Schriften eine gute Wegbeschreibung für unser Erdenleben.
Wie zum Beispiel die bekannten Zehn Gebote. Würden sie befolgt, hätten wir ein anderes Leben auf dieser Erde.
Keine Kriege, keine Einbrüche, kein Beneiden, kein Ehebruch, kein Übervorteilen und und und. Die Menschen würden einander mit Liebe begegnen.
Dies wäre möglich, wenn die Menschen mit der Hilfe des Herrn ernsthaft sich bemühen würden und voller Liebe sein würden.
Ich weiß, das wirkliche Leben sieht anders aus – leider. Dennoch kann ich für mich entscheiden, wie ich leben möchte.
Ich bin für die Empfehlungen meines Schöpfers dankbar und versuche mein Leben danach auszurichten.

Und mir wurde wieder bewusst: Herauszufinden ob es Gott gibt, ist unser wichtigstes Ziel auf Erden. Wie auch immer, seine Gebote und Anweisungen sind gut und richtig. Ich glaube an ihn, und dies hat vieles in meinem Leben zum Guten verändert.

Gerhard Jobs
Braunschweig den 14.08.2018

Ist zu glauben ein blindes Folgen?

Ist zu glauben noch zeitgemäß? In einer Welt mit Menschen, die sich gern als aufgeklärt auch rational denkend bezeichnen? Ist da für den Glauben noch Platz? Wo würden wir sein, wenn unsere Technik auf Glauben aufgebaut sein würde, die Vorgänge nicht nachgewiesen und das erstellte Produkt nicht erprobt worden wäre? Wer würde das Risiko eingehen, über solch eine Brücke zu gehen, mit solch einem Auto zu fahren und sogar in solch ein Flugzeug zu steigen?!
Wir brauchen eine bewiesene Technik, ein von Logik durchdrungenes Handeln – ist da noch Platz für Glauben?
Wer sagt denn, dass an etwas zu glauben nur ein blindes Folgen ist? Wächst der Glaube nicht Schritt für Schritt? Wächst er nicht, indem ich den oder das besser kennenlernen kann? Indem ich an den oder an das glaube? Und auch daran, welche Erfahrungen ich mit demjenigen gemacht habe, der mir rät, ihm zu glauben?
Dient der Glaube nicht als Motivator, der mir Kraft gibt mit der Arbeit zu beginnen, den Versuch zu wagen? Wer hat gesagt, dass ich glauben soll ohne mir Gedanken zu machen? Wenn der Glaube nur auf meiner Kraft beruht, sind sehr leicht Grenzen zu finden. Wenn ich aber jemanden kenne, mit dem ich gute Erfahrung gemacht habe und der durch seine Leistung bewiesen hat, was er kann, darf ich dem nicht mein Vertrauen schenken? An seine Aussagen glauben? Warum soll ich nicht an Gott und seine Aussagen glauben, wo er doch durch seine Schöpfung bewiesen hat, was er kann und wie strukturiert und logisch seine Schöpfung aufgebaut ist? Aber es ist wie mit allen Dingen, man muss sich damit beschäftigen, es ausprobieren und dann bemerkt man, dass der Glaube die Vorstufe des Wissens ist.

Welcher Erfinder hat nicht daran geglaubt , dass sein Vorhaben möglich, dass es machbar ist?
Haben sie einmal geprüft, an wie viele Dinge sie glauben von denen sie nur gehört haben, an Orte wo sie nie gewesen sind, an ihnen zugetragene Aussagen und dies nur, weil sie ihnen logisch erscheinen? Wir glauben an sehr viel, es ist uns oft nur nicht bewusst. Wie viel Arbeit wird verrichtet, weil man nur aus Erfahrung daran glaubt, dass es auch diesmal wieder so sein wird (zum Beispiel in der Landwirtschaft) – und dennoch muss es nicht wieder so sein wie beim letzten Mal.
Der Glaube ist oft nur die Vorstufe, der Weg zu größerer Erkenntnis. Und andersherum, baut sie auch Wissenschaft nur Schritt für Schritt auf. Wie oft mussten schon Erkenntnisse neu formuliert oder sogar verworfen werden! Alles um uns herum, Erkenntnis, Fortschritt, Glaube ist immer mit stetigem Wachstum verbunden und muss ständig fortgeschrieben werden.
Letztlich muss jeder seinen eigenen Weg finden, wie er sich seine Zukunft gestaltet, woran er glaubt und wohin er seine Schritte lenkt.

Gerhard Jobs
Braunschweig den 08.03.2018

... dem Meister nur zuzuschauen reicht nicht

Dem Meister nur zuzuschauen, reicht nicht. Damit ist vielleicht schon der erste Schritt in die richtige Richtung gelenkt worden. Das Zuschauen kann mich motivieren, es selbst einmal zu versuchen. Und damit sind wir schon bei einem wichtigen weiteren Schritt: "Wir müssen es selbst einmal versuchen." Auch wenn es am Anfang nicht gleich klappen mag, so besteht die Chance, mich zu vervollkommnen und es letztlich vielleicht doch zu schaffen. Wenn ich aber erst gar nicht anfange, es zu versuchen, bleibe ich nur ein Zuschauer. Ihn nur zu bewundern, reicht nicht, um wie der Meister zu werden. Da lohnt es sich auf den bekannten Spruch zu verweisen: "Übung macht den Meister".

Unser Herr und Meister, unser Erlöser, wird von vielen bewundert und verehrt. Er hat uns durch sein Leben gezeigt, wie wir uns verbessern können, liebevoller und unserem himmlischen Vater immer ähnlicher werden können. Bleibt es nur bei dem Bewundern und Verehren des Meisters, so haben wir noch nichts bewegt und nichts an uns verändert. Auch wir müssen uns immer wieder befleißigen, Gutes zu tun und voller Nächstenliebe sein. Seien wir eine Hilfe für unseren Nächsten. Dabei verändern und vervollkommnen wir uns und werden unserem großen Vorbild immer ähnlicher.

Schriftstelle: Der Brief an die Römer   Kapitel 2:6 und 7

Gerhard Jobs
Braunschweig 08.03.2018

Mädchen

Ist es ein schönes Mädchen, kann es ruhig dumm (minder begabt) sein, es gibt genügend Jungen, die ihr nachlaufen.
Ist es ein weniger schönes Mädchen, wenn auch mit Klugheit gesegnet, hält sich die Zahl der Verehrer leider in Grenzen.
Ist es ein sehr freizügiges Mädchen, das üppig seine Reize zeigt, wollen viele gern in ihrer Nähe sein.
Ist es ein etwas schüchternes Mädchen, recht feinfühlend und sehr liebevoll, wird es kaum bemerkt und ist oft allein.

Zu sehr schauen wir Menschen auf das Äußere, auf den Blickfänger und erkennen nur schwerlich die tieferen Werte.
Von dieser Erkenntnis leben ganze Industriezweige (Kosmetik, Mode, Geschäfte und Schönheitsfarmen, Fitnesscenter, die Pharmazie).

Gesegnet kann der sich nennen, der einen Menschen gefunden hat, wo Schönheit, Intelligenz, feinfühlig und liebevoll sein zu finden sind. Er hat einen Glücksgriff gemacht.

Gerhard Jobs
Braunschweig den 27.03.2018

... einige weitere Gedanken

1) Glauben und Wissen

Der Glaube ist dem Wissen immer einen Schritt voraus. Der Glaube ist
der Wegbereiter des Wissens, würde ein Forscher sich sonst bemühen,
Neues zu ergründen oder der Entdecker sich auf den Weg ins
Ungewisse machen?
Könnten wir Gott erkennen, ihn beginnen zu begreifen ohne Glauben?

2) Gedanken

Welche Gedanken uns bewegen, über was wir uns Gedanken machen,
zeigt viel über uns und unsere Lebensumstände auf. Doch auch seine
Gedanken kann man steuern, sie verwerfen oder ihnen nachhängen.
Letztlich bestimmt man mehrheitlich selbst an was man denken, womit
man sich beschätigen möchte .... somit auch zum Großteil, wohin du
gehen willst, wie dein Leben und deine Zukunft aussehen kann.
Unterschätzen wir nicht die Macht der Gedanken, es könnten daraus
Taten werden.

3) ... es wird schon werden!

Wie schön ist doch die Schöpfung! Wie perfekt, wie harmonisch, wie
vielfältig – und manchmal habe ich den Eindruck, ich passe da gar
nicht hinein.
Doch, ich sollte an mich glauben, den Mut haben, notwendige
Veränderungen vorzunehmen – und dazu den Bauplan meines
Schöpfers studieren.

4) Natur

Zuerst habe ich die Natur, die Schöpfung bewundert,
dann die Kraft, die Intelligenz und Größe, die hinter all dem
Wunderbaren steckt.
Jetzt bewundere ich den Schöpfer, all dessen was uns umgibt,
– und ich habe mich als ein Teil von all dem begriffen.

5) In der Welt

In der Welt begegnet dir oft Ablehnung sogar Feindschaft,
weil zu viele sich zu wichtig nehmen und Meinungsvielfalt nicht
zulassen wollen.
Wenn jeder mehrheitlich nur an sich denkt, wird ein gutes Miteinander
eine Illusion bleiben,
– und Frieden ein nicht erreichbares Wunschdenken.

6) Schatten

Wer über seinen eigenen "Schatten" springen kann,
ist höher gesprungen als der beste Sportler.
– denn "Sich-überwinden" ist der beste Weg, um Unstimmigkeiten zu
beseitigen und Aussöhnung zu erreichen.

7) Hoffnung

Wer die Hoffnung verliert, hat fast alles verloren, was ihm Lebenskraft
verleiht.
Dagegen muss er sich stemmen, das Gute im Leben suchen und sich in
den Dienst anderer stellen,
dann wird er bei der Liebe, die er anderen schenkt, sehen, dass es sich
doch zu leben lohnt.
– und die Hoffnung kehrt wieder zu Ihm zurück.

Oh?!

8) Wenn der Teufel im Detail steckt, ist Jesus dann im großen Ganzen?

Gerhard Jobs
Braunschweig den 25.04.2018

November

Die oft düsteren, trüben und regnerischen Tage des Novembers, können dich schon mutlos machen. Dies aber nur, wenn du dich von diesen äußeren Einflüssen erdrücken lässt. Triff dich mit Freunden, lies ein gutes Buch, schau schon nach den Weihnachtsgeschenken, die brauchst du ja sowieso. Und sei dir sicher, auch diese Tage gehen vorüber, und gelegentlich scheint sogar im November die Sonne.

Auch im Leben gibt es typische "Novembertage", düster, wenig erbauend, ohne wirkliche Lebensfreude. Auch diese Tage braucht man zur Besinnung. Wenn es einem wirklich ständig gut ginge, würde es uns letztlich nicht gut gehen. Unser Wohlergehen würde für uns zur Selbstverständlichkeit werden und wir würden es letztlich nicht mehr bemerken. Sehen wir selbst im Auf und Ab im Leben etwas Positives. Es fordert uns, lässt uns anpassungsfähig werden, gibt uns mehr Verständnis, um mit anderen Menschen mitzufühlen.

Gerhard Jobs
Braunschweig den   17.07. 2018

Was du von der Natur lernen kannst

Die Natur mit ihren verschiedenen Jahreszeiten lehrt dich, dass es nicht immer nur Sonnenschein im Leben gibt. Und doch kann jede Phase deines Lebens schön sein. Du musst sie nur freudig annehmen.
. . . jammern und klagen bringt dich nicht weiter. Gutes tun und einander liebevoll behandeln, ist der bessere Weg.

Gerhard Jobs
Braunschweig den   23.10. 2018

Weihnachten heute

Rumssasa, rumssasa, fiede, fiederallala
Rumssasa, rumssasa, das Weihnachtsfest , das ist nun da.

Hat das Weihnachtsfest seinen Glanz verloren?
Der Weihnachtsmann, selbst das Christkind sind heute nicht mehr
gefragt.
Weihnachtslieder? Nein, das ist nichts mehr für unsere Ohren,
auch Gedichte werden kaum noch aufgesagt.

Rumssasa, rumssasa, fiede, fiederallala
Rumssasa, rumssasa, das Weihnachtsfest , das ist nun da.

Den alten Glanz, die Tradition, wer will das noch?
Sich Gedanken machen? Gib einen Gutschein oder vielleicht auch einen
Scheck,
und du brauchst keine Geschenke suchen, oder doch?
Die modernen Wege sind doch viel bequemer und erfüllen auch ihren
Zweck.

Rumssasa, rumssasa, fiede, fiederallala
Rumssasa, rumssasa, das Weihnachtsfest, das ist nun da.

Warum so emotional, villeicht findet er sein Geschenk ja im Internet?
Alles ist doch rational, nicht so verträumt, es ist halt eine andere Zeit.
Und wenn es ihm nicht gefällt, ist es seine Sache, du warst ja zu ihm
nett.
Vielleicht solltest du ihm etwas Geld nur überweisen, dann macht
Weihnachten dir keine Unannehmlichkeit.

– jeder darf selbst seinem Weihnachtsfest eine entsprechende Form
geben. Wichtig ist doch nur, dass wir Liebe erzeigen und Freude
bereiten. Wie auch immer. Bei allem, was du tust, sind doch die
Beweggründe wichtig, denn der Herr schaut in dein Herz, und er wird
dich entsprechend belohnen.

Gerhard Jobs
Braunschweig den 04.01.2019

Wie sich die Zeiten doch ändern

Ach was war ich doch verliebt, immer wollte ich bei ihr sein. Ich suchte ihre Nähe. Und die guten Gespräche erst. Ich hätte ihr stundenlang zuhören können und sie dabei ständig anschauen mögen. Fast alles, was ich zu ihr sagte, klang wie ein Lobgesang, es war nur so mit Komplimenten gespickt. Wir nahmen jede Möglichkeit wahr, beieinander zu sein.

Als ich sie fragte, ob sie meine Frau werden wollte, hatte sie sofort ja gesagt.

Das Leben ging weiter, die neue Familie wuchs, wie auch die Verantwortung. Mittlerweile (inzwischen) sind wir schon zu viert. Den notwendigen Wohnungswechsel haben wir bereits abgeschlossen. Wir sprechen jetzt weniger über unsere Wohnverhältnisse, dafür mehr über den Wert der Erziehung unserer Kinder. Über notwendige berufliche Veränderungen, um den von uns gewünschten Lebensstandard aufrechtzuerhalten. Ob wir uns in absehbarer Zeit einen Urlaub werden gönnen können, wer weiß? Unsere Gespräche miteinander sind schon recht sachlich geworden.

Kein stundenlanges Sprechen miteinander wie früher, dafür ist kaum Zeit. Und auch dass ich sie, meine Frau, dabei intensiv anschauen würde, wie in der früheren Zeit, das ist verloren gegangen. Ich führe die meisten Gespräche im Büro mit den Kollegen. Wenn ich nach Hause komme, bin ich doch recht müde und bin froh, nicht angesprochen zu werden, denn dass sind zu oft nur neue Sorgen.

Damals gab es ständig etwas Neues, heute, wenn meine Frau etwas sagt, sind es Notwendigkeiten oder neue Probleme. Sind wir eventuell einmal eingeladen, weiß ich schon, wenn sie den Mund aufmacht und die ersten drei Worte gesprochen hat, welche Geschichte nun kommt. Ja, man weiß halt alles voneinander, so wird das Leben immer langweiliger und eine gewisse Leere macht sich breit. Im Büro höre ich immer neue Geschichten und auch die Geschichten der Nachbarn sind halt interessanter. Vieles, was einmal war, was uns verband, ist verblasst. Und doch arrangieren wir uns irgendwie, auch sind ja noch die Kinder

da – Pflichten verbinden. Eigentlich mag ich sie, sie hat ja auch viel Gutes.
Wie wird es sein, wenn wir alt und die Kinder dann aus dem Haus sind?
Wir haben dann fast ausschließlich Zeit füreinander. Oder haben wir es schon verlernt, einander wertvoll zu sein, wie in den jungen Jahren?
. . . dazu ein Gedicht:

Gerhard Jobs
Braunschweig den 29.05.2018

Nehmen wir uns Zeit füreinander

Sie warf die Haustürschlüssel vor mir auf den Boden, da war mir klar,
dass es das Ende unserer langjährigen Beziehung war.
Eigentlich habe ich das nicht gewollt.
Dass sie so ärgerlich, so verbittert ist, dass sie mir so sehr grollt.

Warum habe ich es nicht früher erkannt?
Hätte sie mir ihre Sorgen, ihr Sich-nicht-verstandenfühlen, doch genannt.
Wir hatten doch auch gute, wirklich schöne Zeiten
– gerne würde ich sie ein Leben lang begleiten.

Der Alltag stumpft uns ab, man steckt in der täglichen Routine ,
macht seinen Dienst, sorgt sich, kämpft fleißig, wie eine Honigbiene.
Hätten wir uns füreinander mehr Zeit genommen,
wäre es wahrscheinlich gar nicht erst so weit gekommen.

Dann wären wir noch zusammen und keiner von uns würde sich beklagen.
Warum also dieses Jagen? Nach mehr Geld? Für einen neuen Wagen?
Erst wenn bei uns der Mensch wieder über dem Materiellen steht,
werden wir bemerken, wieviel besser es uns in unserer Beziehung geht.

Wenn wir uns wieder Zeit füreinander nehmen,
wir wieder die Nöte und Sorgen des anderen sehen,
einander unsere persönlichen Herzenzwünsche eingestehen,
das Leben aus einer ewigen Perpektive sehen

– dann bekommt unser Miteinander, unser Leben einen neuen Wert;

und nichts sollte uns wertvoller sein, als unser liebster Mensch in unserer Nähe.

Gerhard Jobs
Braunschweig den 29.05.2018

Zeit wofür?

Viel zu viel Zeit, vielleicht sogar die meiste Zeit wird für unwichtige Dinge geopfert. Nur gut organisiert und durch ein zielstrebiges Vorgehen kann man sich fit für die Zukunft machen.
Jedem stehen 24 h pro Tag zur Verfügung und wofür du sie benutzt, sagt viel aus, über dich, deinen Charakter, deine zu erwartende Zukunft und was aus dir werden kann.

Gerhard Jobs
Braunschweig den 12.10.2018

. . . etwas zum Nachdenken

1) Lieben sie ihre Kinder?
Eine Erziehung ohne Anerkennung der guten Taten ist genau so unklug wie schlechtes Verhalten schönreden zu wollen – er ist ja noch so klein, das lernt er noch. So werden leider zu oft falsche Signale gegeben, falsche Werte vermittelt.

2) Treue
Kaum eine Tugend ist höher einzuschätzen als die Treue. Der Bestand einer Ehe, einer Freundschaft, hängt maßgeblich, ja fast immer, von der Treue zueinander ab. Die Treue zueinander ist deren Fundament.

3) Fragen und Antworten
Nimmt dein Wissen zu, entstehen auch automatisch mehr Fragen. Hast du keine Fragen mehr, so hast du für alles schon eine Antwort, oder Du hast kein Wissen. Beide Fälle sind sehr bedenklich.

4) Stunden

Die dunkelsten Stunden im Leben sind nicht durch Beleuchtung zu erhellen, sondern durch gewonnene Erkenntnis.

5) Wollen sie siegreich sein?

Da Ehrlichkeit auf Wahrheit gegründet ist, ist sie eine starke Kraft, eine der stärksten Waffen, sie ist durch nichts zu besiegen. Auch wenn es lange dauern kann, bis die Ehrlichkeit, die Wahrheit siegt – aber letztlich siegt sie immer.

Gerhard Jobs
Braunschweig den 22.07.2018

Ich möchte frei sein!

Ob du ein freier Mensch bist erkennst du daran, ob du von nichts abhängig bist. Brauchst du immer deine morgentliche Tasse Kaffee? Deine Pfeife, deine Zigarre, deine Zigarette, dein Qualm erzeugendes Ritual? Richtest du deinen Tagesablauf nach deiner dir liebgewonnenen TV Serie aus? Hast Du einmal gezählt, wie viel Minuten oder sogar Stunden du mit dem Tippen auf deinem Handy verbringst? Würdest du dich ohne deine wöchentlichen Skatabende noch wohlfühlen? Selbst gute, empfohlene und beworbene Gewohnheiten, wie täglich Sport zu betreiben, können, obwohl sie wirklich gut sind, dich zu einem Sklaven machen.

Finde doch einfach einmal heraus, woran dein Herz hängt und ob sich das alles wirklich lohnt.

Probier doch einmal einen Monat lang, ob du auf diese, dir liebgewonnenen Gewohnheiten verzichten kannst! Vielleicht wirst Du erstaunt sein, wie sehr dich diese Dinge schon gefangen genommen haben und du vielleicht doch abhängig bist.

Es ist nicht meine Absicht, dir den Spaß zu verderben, sondern dir anzuraten, ein gesundes und vernünftiges Verhältnis zu den Dingen zu finden, mit denen Du dich beschäftigst. Letztlich ist es ja jedem selbst überlassen, wie und womit er sein Leben gestaltet, und das ist auch gut so. Und doch ist es gut, in Abständen sich sein Leben anzusehen und zu

hinterfragen, ob das was man macht, liebt und tut, sinnvoll und
förderlich ist. Vielleicht könnte man für einiges eine andere Sache an
dessen Stelle setzen und somit Weiteres, Neues in Erfahrung bringen.

Gerhard Jobs
Braunschweig den 26.02.2018

Gedanken nach meinem Urlaub

Ich war gerade in einem der Länder, das auf eine besondere Geschichte
zurück blicken kann. Heute ist es ein "Reiseland", gut für Touristen.
Und doch ist die Bevölkerung relativ arm, warum ist es ein armes
Land?
Ist die Bevölkerung nicht arbeitsam? Die Regierung nicht fähig, die
Rahmenbedingungen für eine funktionierende Wirtschaft zu schaffen?
Die Wirtschaft nicht innovativ und somit nicht konkurrenzfähig?
Der Bildungstand der Bevölkerung zu niedrig? Da eine höhere
Schulbildung, eine weiterführende Ausbildung nicht möglich ist? Was
kann nun der Einzelne dafür?
Ja, da ist der Einzelne ein Gefangener in seinem eigenen Land
(unglaubliche Abhängigkeit).
Nicht jeder kann auswandern, nicht überall ist man als Einwanderer
willkommen, man möchte nur die, die in diesem Land gebraucht
werden. Somit bestimmt der Geburtsort schon viel. Und doch soll ich
auch ein Hüter meines Bruders sein.
Hier beginnt Dein Gewissen dich wirklich herauszufordern.

Gerhard Jobs
Braunschweig den 18.07.2018

... wieder etwas zum Nachdenken

(1) Je ...

Je schneller ich fahre, je schneller kommt auch der Tod.
Je fauler ich bin, um so schneller kommt auch die Not.
Je wütender ich werde, umso schneller sehe ich "rot".
Für die meisten Dinge im Leben ist Umsicht und Geduld das oberste
Gebot.

(2) Was du von der Natur lernen kannst.

Die Natur mit ihren verschiedenen Jahreszeiten lehrt dich, dass es nicht
immer nur Sonnenschein im Leben gibt. Und doch kann jede Phase
deines Lebens schön sein. Du musst sie nur freudig annehmen.
... jammern und klagen bringt dich nicht weiter.

(3) Vieles liegt in Deiner Hand

Seine Eltern kann man sich nicht aussuchen, auch deinen Geburtstermin
hast du nicht bestimmt. Selbst das Land in dem du geboren bist,
bestimmst du nicht   – all dieses ist dir als eine Hypothek übergeben.
Doch dann liegt vieles in deiner Hand und du bestimmst zum Großteil
wie dein Leben verlaufen wird.

Gerhard Jobs
Braunschweig den 25.11.2018

Die ewige Runde!

Gedanken einer jungen Mutter: Ich hätte nicht gedacht, dass Kinder so eine große Herausforderung sein können. Schon bei der Geburt bereiten sie Schmerzen und nehmen danach viele Stunden meines täglichen Lebens in Anspruch. Ob bei ihrer Körperpflege, der Nahrungszubereitung, das Verabreichen der Nahrung, das Sorgen für ihre Kleidung, das Mit-ihnen-spielen und Sich-beschäftigen, – alles fordert meine Zeit, ja fast mein ganzes Ich. Und wenn sie größer werden, werden die Bedürfnisse und der Betreuungsaufwand nicht geringer, nur anders. Über das, was das Kind an Liebe und Fürsorge erhalten hat, macht es sich kaum Gedanken.
Und doch würde ich es wieder so machen, denn ich liebe es.

Gedanken als alte Frau: Dass ich jemals so hilflos sein würde, dass ich für meine Körperpflege auf meine Tochter angewiesen sein muss, dass ich meiner Tochter so viele Stunden ihres Tages abverlangen würde, um mich zu pflegen, hätte ich nie gedacht. Ich muss gewaschen, gefüttert und umgebettet werden. Sie unterhält sich mit mir, bringt mir Blumen und etwas zu lesen mit. Sie streichelt meine Hand und vieles, vieles mehr.
"Ja Mutter, ich würde es wieder so machen, denn ich liebe Dich."

Nur die Liebe, die man füreinander hat, lässt so etwas zu und geschehen.
Der Kreis schließt sich wieder, das Leben ist eine ewige Runde.
So hat es der Schöpfer gewollt, so soll es sein und so ist es auch am besten, wer gibt dir mehr als der, der dich liebt.

Gerhard Jobs
Braunschweig den 26.02.2018

57

Ach könnte ich noch einmal ein kleines Kind sein?!

Bei meinem Spaziergang kam ich an einem Spielplatz vorbei und ich sah mich genötigt, dem bunten Treiben der Kinder, die von ihren Eltern liebevoll angewiesen wurden, zuzuschauen. Wie unermüdlich kletterten sie die Sprossenleiter zur kleinen nachgebildeten Burg herauf. Wenn man dabei bedenkt, dass so ein kleines Kind, um von einer Sprosse zur nächsten zu gelangen, etwa ein Drittel seiner Körpergröße als Höhenunterschied zu überwinden hat. Oben angekommen winkten sie ihren Eltern zu und schon sah man sie über den beweglich angelegten, bei jedem Schritt leicht schwingenden Weg zur nächsten Attraktion traben. Dann weiter zur Rutsche, zur Schaukel, zu einem hölzernen Krokodil, auf dem man balancieren konnte – und immer weiter ging es. Keine Pause, kein Zeichen von Ermüdung und dabei überwiegend fröhlich. Selbst wenn einmal ein kleines Missgeschick, ein schmerzhafter Fehltritt passierte, war zu bemerken, dass es schon kurz darauf wieder fröhlich weiterging. Und ich? Gerade einmal am Ende der vierziger Jahre und somit doch noch nicht alt! Mit solchen kleinen Energiebündeln hätte ich mich nicht mehr messen können. Das musste ich ja auch nicht. Ich hatte ja andere Verrichtungen, andere Arbeiten zu erledigen – und doch war ich irgendwie beeindruckt.
Die Bibelverse ". . .wie die Kinder werdet" (Matthäus 18:1-3) hatten nun eine weitere Bedeutung für mich. Nicht nur die bekannte Arglosigkeit kleiner Kinder, sondern auch ihre Beweglichkeit und ihr Vermögen immer wieder aufzustehen, sind mir besonders bewusst geworden. Tatsächlich kann man sich an manchen dieser kleinen netten Wesen ein Beispiel nehmen. Auch kann man feststellen, wie motivierend und beflügelnd es ist, wenn man diesen kleinen Kindern gleich, an einer Sache Freude hat. Sie scheinen die Anstrengungen, die doch zu solch bewegungsreichen Tätigkeiten dazu gehören, kaum wahrzunehmen. Sie sind voller Elan, spielen und toben, jauchzen und schreien ihre Freude nur so heraus. Ja, wenn man etwas gerne, mit Begeisterung macht, bemerkt man die Last viel weniger. Viel macht die Einstellung zu einer Sache aus. Positiv zu denken hat schon etwas.

Begegnen wir den Herausforderungen in unserem Leben mit neuen
guten Vorsätzen und Mut (siehe auch: Johannes 17:33)

Gerhard Jobs
Braunschweig den 14.12.2018

Kinder

(das Leben ist ein Wechselspiel)

Kinder sind ein Segen	–	eine Herausfoderung
Sie bringen viel Freude	–	sie machen auch Sorgen
Sie sind ein Teil von Dir	–	sie gehören Dir nicht.
Du pflegst sie, du liebst sie	–	sie pflegen Dich, sie lieben Dich

Lieber Luke

Luke wirkt zierlich, doch kann er auch zäh sein.
er teilt gerne, er hat ein gutes Herz.
Manches bereitet Ihm Sorgen, doch zeigt er nicht seinen Schmerz.
 – diesen überspielt er dann mit einem kleinen Scherz.

Gerhard Jobs
Braunschweig den 26.02.2019

Liebe Dana

Dana ist bedächtig, fast schon ein wenig zu still.
Doch ist Sie zielgerichtet, Sie weiß was Sie will.
Ein grosses Potential ist Ihr gegeben,
Sie ist kreativ, erfüllt vieles mit Leben.
 – Ihre Schulzeugnisse wären für Ihren Opa ein Traum gewesen.

Gerhard Jobs
Braunschweig den 26.02.2019

Liebe Jill

Liebe, arglose und nette Jill,
lausche und sei einen Augenblick lang still
und achte drauf, was dein Opa Dir sagen will:

Wie schön es ist, ein Kind zu sein,
das kann man als Kind noch nicht verstehen.
Werde erst einmal älter, dann wird Dir klar,
wie friedlich und segensreich, doch Deine Kindheit war.

Welche Zuneigung, Fürsorge und wieviel Liebe
gab man Dir, damit nichts Dich betrübe.
Kleidung, Essen, Kuscheln, ja wie oft waren deine Eltern für dich da,
wie geborgen konntest Du Dich fühlen, Deine Familie war Dir doch
stets sehr nah.

Liebe Jill, ich bin mir sicher: das Gute, das Du zu Hause hast erfahren,
werden eines Tages Deine Kinder, wird deine Familie von Dir erfahren.
Was man in jungen Jahren hat gelernt und auch als gut erkannt,
wird mehrheitlich dann ein Leben lang gelebt und auch angewandt.

Auch wenn Opa und Oma wohl nur noch eine begrenzte Zeit mit Dir auf
der Erde verweilen, sei Dir unsere Zuneigung, unser Respekt und unsere
Liebe zugesagt – und spätesten nach der Auferstehung sind wir als
große Familie wieder zusammen.

Gerhard Jobs
Braunschweig den 14.04.2018

Liebe Emilia
(weißt Du noch damals?)

Du bist uns ein Sonnenschein,
was du sprichst, ist gut durchdacht und gut gewählt.
Du bist ein Schlichter, Du möchtest anderen stets eine Hilfe sein.
Freundlichkeit, andere umsorgen, das ist es, was bei Dir zählt.

Bist nicht zu übermütig, wohl mehr reserviert,
in deiner Nähe, fühlen andere Kinder ihren Wert.
Bist gern gesehen, in Deiner Nähe so manches Kind seine Scheu
verliert.
Von Deiner stillen Art und Deinem Charme, viel Erbauung man erfährt.

Acht Jahre alt bist Du jetzt geworden,
bist gut vorbereitet, zur Taufe nun bereit.
Die Taufe ist mehr als weltliche Ehre, – oder sogar Orden.
Dies ist ein Bündnis mit dem Herrn, seine Kraft begleitet Dich wirklich,
bis in alle Ewigkeit.

Gerhard Jobs
Braunschweig den 01.10. 2016

Liebe Emila, von damals bis heute hast Du Deinen guten Wert, Deine
besondere Persönlichkeit bewahrt.
Ich glaube, Du hast ein interessantes, ein großartiges Leben vor Dir.
Bleibe weiter deinem Herrn und Schöpfer eine gute und erfolgreiche
Tochter, dann brauchen wir uns um Deine Zukunft keine Sorgen zu
machen.

Mutter
(wer könnte SIE ersetzen?)

Sie ist eine Schöpferin, sie spendet Leben,
ihr liegt viel mehr am Geben als am Nehmen.
Kaum bist du auf die Welt gekommen,
hat sie Dich gleich in den Arm genommen.

Deine erste Speise hast Du von ihr erhalten
und vieles, vieles mehr – Dein ganzes Leben lang.

Unter anderem:

Bist Du gestolpert, hingefallen, wer nahm Dich in den Arm?
Wer hat Deine Kleider Dir gewaschen?
Auf Deinem ersten Schulweg Dich begleitet?
Dir bei Deinen Sorgen zugehört?
Die ersten Tanzschritte mit Dir geübt?
Dich getröstet, denn Du warst hoffnungslos verliebt?
Dich gepflegt, wenn Dich eine Krankheit hat ereilt?
Wer zauberte das leckere Essen auf Deinen Tisch?

– fast endlos könnte man berichten.

Sicher war Dein Vater auch noch da, und das war auch gut so, doch **ihr**
warst Du besonders nah.
– der Schöpfer wusste schon, was er tat,
                        als er Eva dem Manne zur Seite stellte.

Den Wert einer Mutter kennt der am besten, der sie verloren hat.

Gerhard Jobs
Braunschweig 13.05.2018

Wer bist du?

Wer bist du? Wer sind sie? Wer ist das? Das kann die Frage von Menschen sein, die dich nicht einzuschätzen wissen. Die sich von dir kein Bild machen können. Aber wer bist du wirklich? Wer kann das sicher beantworten? Niemand auf dieser Erde. Jede Einschätzung von Menschen ist subjektiv. Man kann, nach längerem Sich-kennen, sich eine persönliche Meinung bilden. Die ist u.a. von deinen Erfahrungen und von den Wertevorstellungen des Landes, in dem du lebst, geprägt. Selbst die betreffende Person kann sich nicht objektiv einschätzen. Denn schon die weiteren Erfahrungen, die man macht, ändern das Einschätzungsvermögen. Alle von Menschen festgelegten Werte unterliegen der ständigen Veränderung.

Wir können nun besser verstehen, wie gut und wertvoll die Empfehlungen und Anweisungen unseres Schöpfers sind. Zum Beispiel war und ist und wird es immer richtig sein, ehrlich, liebevoll, treu und zuverlässig zu sein. Und das sind nur ganz wenige der vielen und wunderbaren Regeln und Gebote, die Gott uns gegeben hat. Die uns helfen, dass Menschen gut und friedlich miteinander leben können.

Auch helfen sie uns, glücklicher zu werden.

Ja, der Herr kann uns einschätzen. Er steht so weit über uns. Er hat uns die Werte genannt, an denen wir uns ausrichten und messen können. Und wir verstehen nun besser, dass wir nicht richten, sondern uns um unser eigenes Seelenheil kümmern sollen.

Gerhard Jobs
Braunschweig den 14.02.2019

... ob das so stimmt?

Je weniger man weiß, um so weniger Sorgen hat man. Wenn man nichts weiß, hat man keine Sorgen?!
Je weniger man fühlt, je schmerzfreier ist man. Fühlt man nichts mehr, hat man auch keine Schmerzen.

Gerhard Jobs
Braunschweig den 11.02.2019

Der vierte Platz

Gold ging an X, Silber ging an Y, Bronze ging an Z, und dann kam eine Weile nichts. Als die ganze Tabelle gezeigt wurde, war ich mit dabei. Ich hatte den vierten Platz erreicht. Auch in der Zeitung, wurden die Bilder der drei ersten, die der Sieger mit ihren Pokalen gezeigt. Und dabei trennte mich meine Platzierung vom dritten Platz gerade einmal nur ein Bruchteil von einem Punkt. Was doch so ein Bruchteil eines Punktes ausmachen kann. Kein Pokal, kein Bild in der Zeitung, keine Nennung bei der Laudatio am Ende der Sportveranstaltungen.
Hatte ich mich weniger angestrengt? War ich weniger ehrgeizig? War die Anzahl meiner Trainingsstunden geringer?
Ja, es zählt nur der Sieg. Man muss stärker, schneller, gelenkiger, geschickter, und, und, und, sein.
Willst du in der Welt bestehen, so mußt du besser sein als jeder neben dir.

Und dann hörst du die Kommentare für dich und deine Leistung: Sei nicht traurig: Dabei sein ist alles, du warst auch nicht schlecht, es kann ja noch werden – gib nicht auf. Du bist noch jung, deine Zukunft liegt noch vor dir. Es kann nun mal nur einer siegen.
Und noch eine ganze Anzahl gut gemeinter Kommentare könnte man nennen.

Ja es stimmt, es kann nun einmal nur einer siegen (allerdings gibt es auch gelegentlich einen gleichen Punktestand).

Wie könnte man darauf reagieren? Vor allen Dingen dann, wenn man schon mehrere Male den vierten Platz erhalten hat. Ich könnte nach vorn schauen und die drei ersten beneiden. Ich könnte nach hinten schauen und sehen wie viele nur auf die weiteren Plätze gelangt sind.
Ich könnte mich fragen, ob noch Reserven bei mir wären, ob ich wirklich alles gegeben habe?
Ich könnte mich auch an meiner Bestform erfreuen. Nie war ich so gut wie heute. Und bestimmt gab es viele Stunden, ob beim Training, oder bei der Gemeinschaft mit anderen, die mir viel Freude bereitet haben.
Tatsächlich, Dabeisein kann einem schon viel bedeuten.

Und wie sieht es unser Schöpfer? Kommen nur die ersten "Plätze" in seine Nähe, in den Himmel?
Wie viel anders sieht es doch bei ihm aus. Er sieht die Möglichkeit, nicht nur die Leistung.
Kann denn ein Mensch, der nur bedingte Veranlagungen hat, dem vielleicht die Möglichkeit zu trainieren gar nicht gegeben war, der in einem Umfeld lebt, wo ihm nur eingeschränkte Möglichkeiten zur Verfügung standen, die gleiche Leistung erbringen?
Hierzu ein Beispiel, das dies verdeutlicht.
Wenn jemand aufgrund seiner körperlichen Veranlagung vielleicht gerade einmal 10 Ziegelsteine aufheben kann und ein anderer 20 Ziegelsteine aufzuheben schafft, so schafft dieser doch doppelt so viel. Wenn er aber aufgrund seiner Möglichkeiten 40 Ziegelsteine hätte tragen können, hat dieser nur die Hälfte seiner Möglichkeiten genutzt, wie steht er vor dem Herrn da? Der Betrachter würde sagen ja doppelt so viele hatte er angehoben. Tolle Leistung, geben wir ihm einen großen Applaus.
Aber der Herr, unser Schöpfer, sieht, was er hätte machen, tragen können – und wie fällt nun sein Urteil aus?
Ja, es gibt einen, der die gesamte Übersicht hat, den man nicht täuschen kann und darum ist sein Urteil gerecht und das was für uns letztlich zählen wird.

Diesmal hatte ich den vierten Platz erreicht, für mich mein bestes Ergebnis.
Ja, ich habe meine eigene beste Höchstform erreicht, es gibt keinen Grund traurig zu sein. Auch wenn ich im Vergleich zu anderen vielleicht nicht so gut dagestanden habe und nur einer von vielen war, so gab es mir Kraft, um das zu werden, was ich geworden bin, wenn es auch nur der vierte Platz ist, es hat mir viel gegeben. Was mehr kann man erreichen als seine eigene Höchstform? Muss man sich immer mit anderen vergleichen?

Gerhard Jobs
Braunschweig den 20.04.2018

Dein Schrei!

Den Schrei habe ich vernommen, der deine Seele quält.
Ich weiß, was dir viel bedeutet, was viel bei dir noch zählt.
Ich gebe mir Mühe, dich aufzumuntern, dir Trost zu geben,
dir neue Werte zu vermitteln, für ein besseres Leben.

Dass beschwingten Schrittes, wieder vorwärts du nun eilst,
nicht mehr bei deinen Sorgen, dem Unangenehmen du verweilst.
Doch auch Du musst dich bemühen, nichts kommt von allein,
sei bereit, dein Leben neu zu gestalten, auch du musst mutig sein.

Meine Hilfe, die hat Grenzen, vielleicht fehlt es mir an Kraft.
In bester Absicht, dir zu helfen, habe ich wenig nur geschafft.
Es bedarf wohl mehr, um dich wirklich froh zu machen,
damit du wieder strahlst, froh bist, bereit, wieder einmal zu lachen.

Auch er hat deinen Schrei vernommen, der deine Seele quält.
Er weiß ganz genau was dir, was deiner Seele fehlt.
. . . und er weiß viel besser als ich, wie man helfen kann,
hör´ Ihm zu, glaube Ihm, er hat die Macht dazu – doch bestimmt auch
er das wann!

Gerhard Jobs
Braunschweig den 03.04.2018

Das Leben ist . . .

Das Leben ist ein ständiges Suchen nach Neuem, ein Hasten nach
innerer Erfüllung, nach ein wenig Freude, Erfolg und Glück. Und oft
steht man sich dabei selbst im Wege. Man ruht nicht in sich selbst, hat
noch den wirklichen Sinn des Lebens nicht gefunden. Diese Sehnsucht
nach dem Unbekannten steckt in uns. -- das ist gottgewollt, es ist der
benötigte Antrieb den du brauchst für die notwendigen Veränderungen.
Mit SEINEN Hinweisen, Ratschlägen und Anweisungen wirst du
vergebungsbereiter und umkehrwilliger sein. Auch wirst du Ruhe finden
und erfolgreich sein.

Gerhard Jobs
Braunschweig den 14.02.2019

Objektiv - Subjektiv

Objektiv . . . unvoreingenommen, nicht von Gefühlen und Vorurteilen bestimmt – wer ist das schon?
Subjektiv . . . ist ein Mensch doch immer – auch wenn er meint, dass er alles sehr sachlich, nüchtern, unvoreingenommen zu betrachten weiß. Wie viel Erziehung und gesellschaftlicher Einfluss, wie auch seine Lebenserfahrung haben ihn geprägt.
Daher sollten wir mit einem Urteil und gar einer Verurteilung sehr vorsichtig sein.
Dem Einzigen, dem man Objektivität zutrauen kann, sie sogar erwartet, ist unser Schöpfer selbst. Er kenn alle Faktoren, alle Hintergründe einer Sache. Daher heißt es in der Schrift:

Matthäus 7:1-2 "Richtet nicht, damit ihr nicht gerichtet werdet! Denn wie ihr richtet, so werdet ihr gerichtet werden, und nach dem Maß, mit dem ihr messt und zuteilt, wird euch zugeteilt werden."

Matthäus 9:4 Jesus wußte, was sie dachten, und sagte: Warum habt ihr so böse Gedanken im Herzen?

Lukas 16:15. Da sagte er zu ihnen: Ihr redet den Leuten ein, daß ihr gerecht seid; aber Gott kennt euer Herz. Denn was die Menschen für großartig halten, das ist in den Augen Gottes ein Greuel.

Römer 14:10 und 13 Wie kannst also du deinen Bruder richten? Und du, wie kannst du deinen Bruder verachten? Wir werden doch alle vor dem Richterstuhl Gottes stehen.13. Daher wollen wir uns nicht mehr gegenseitig richten. Achtet vielmehr darauf, dem Bruder keinen Anstoß zu geben und ihn nicht zu Fall zu bringen."

Und doch müssen wir mit menschlichen Urteilen und Richtersprüchen leben und davon ausgehen, darauf hoffen, dass nach gutem Recherchieren und nach bestem Wissen und Gewissen "Recht gesprochen" wurde. Doch sei uns versichert, dass eines Tages, wenn wir vor unserem Schöpfer stehen, wirklich Recht gesprochen wird. Auch ist davon auszugehen, dass uns dann erst der gerechte Lohn oder eine gerechte Bestrafung, widerfahren wird.

Vieviel Verstimmung, sogar Streit entsteht, weil Menschen stur meinen sie allein haben Recht. Man darf und soll seine Meinung behalten, aber wie man sie durchsetzt, soll wohl überdacht werden. Zu viele Freundschaften, selbst Ehen, sind daran schon zerbrochen.

Ich habe es mir angewöhnt, meine Meinung in der Form zu hinterfragen: "Geht es nicht auch anders? Wie lösen andere Menschen dieses Problem? Hast du dir möglichst neutral, möglichst frei von Emotionen seinen Standpunkt angehört." Und tatsächlich wurde ich dadurch schon zum Ändern meiner Meinung bewegt und bin dankbar, dass die eigene Meinung der Veränderung unterworfen sein darf – und wie auch immer, ich bleibe weiterhin subjektiv.

Auch ein Kompromiss kann eine für beide Seiten tragbare Lösung sein.

Gerhard Job
Braunschweig den 25.09.2018

Wahrheit

Die Hand zum Schwur erhoben,
zu einer wahren Aussage bin ich stets bereit.
Nur die Wahrheit zu sagen, das werde ich geloben,
durch die Wahrheit will ich lindern sehr viel Leid.

Denn die Wahrheit überführt den Täter
und setzt den Unschuldigen wieder frei.
Würde ich lügen, wäre ich ein Gesetzesübertreter,
und eines Menschen Schicksal wäre mir einerlei.

Vielleicht kommt auch für mich ein schicksalsschwerer Tag,
wo auch ich hoffe, dass jemand Mut zur Wahrheit hat,
so dass seine Aussage mich zu erretten vermag.
Habe wieder Lebensmut, bin frei, ohne Angst, nicht mehr matt.

Wahrheit siegt immer, - bloß wann? Es mag sein, dass die Erdenzeit nicht ausreicht, sodass uns Gerechtigkeit widerfährt. Und doch kommt sie, denn heißt es nicht "Gottes Mühlen arbeiten langsam, aber stetig (. . . und gründlich)".

Markus 4:22 Es gibt nichts Verborgenes, das nicht offenbar wird, und nichts Geheimes, das nicht an den Tag kommt.

Gerhard Jobs
Braunschweig den 12.03.2018

Ein bisschen Sarkasmus oder doch nicht?!

Wer sagt, der kleine Mann könnte nichts für die Umwelt tun? Jeder kann einen Beitrag für unsere Umwelt leisten.

Wenn man schon glaubt, sein Auto nicht öfter stehen lassen zu können, sollte man versuchen, selbst ein wenig leichter zu sein. Je mehr du wiegst, umso mehr Sprit verbraucht auch dein Auto.
Wenn du etwas weniger isst, also ein wenig schlanker bist, umso weniger Nahrungsmittel müssen erzeugt werden und auch weniger Kleiderstoffe würde man brauchen. Du sparst auch noch Geld.
Wenn wir mehr Rohkost essen würden, wären wir gesünder und brauchten kaum noch einen Herd.
Würden wir uns mehr dem Schönheitsschlaf hingeben, würden viele elektronische Geräte kaum noch benutzt.
Bestimmt wären wir schöner, ausgeruhter und würden noch Energie sparen.
Wenn wir unseren Heimtrainer zur Stromerzeugung nutzen könnten, blieben wir fitter und könnten sogar ein wenig Energie erzeugen.

Ja, wir sehen, wie viel schon der einfache und gemeine Mann für unsere Umwelt tun kann – wäre da nicht unsere innere Trägheit, der berühmte innere Schweinehund. Und sagen Sie nicht, das bringt nichts, wenn sich alle fast 8 Milliarden Menschen daran beteiligen würden.

Gerhard Jobs
Braunschweig den 24.04.2018

Ein Sonnenstrahl durchbrach die Nebelwand

Viele Stunden habe ich im Nebel meines Lebens verbracht,
für vieles hatte ich keine Hoffnung mehr,
mein Blick war getrübt, als wäre es in der Mitte der Nacht.
Ich fühlte mich müde, kraftlos, einfach nur leer.

Da durchbrach ein Sonnenstrahl diesen Nebel des Lebens,
von irgendwo kam so ein herzliches Lachen einher.
Meine Traurigkeit kämpfte dagegen an, vergebens,
denn ich sah sie, und traurig sein konnte ich einfach nicht mehr.

Wie ist es möglich, wie kann es sein, dass eine Stimme, ein so schönes Gesicht
einen verändern und so beeindrucken kann,
dass Hoffnungslosigkeit, Trübsal, Mutlosigkeit einfach erlischt.
Dass dieses Lächeln, diese zarte Gestalt durchbricht diesen fesselnden Bann.

Das Leben eines Menschen prägt vieles an seiner Person,
es gibt ihm Ausstrahlung und gibt ihm auch für andere Kraft.
Seine erworbene Güte, wird nicht nur ihm zum Lohn,
so kann er anderen helfen, was bei ihnen Veränderung schafft.

Gerhard Jobs
Braunschweig den 21.03.2018

Der alte Garten
(Gedanken über Prioritäten setzen)

Das kleine alte Haus, dem ein kleiner Vorgarten vorgelagert war stand einige Meter von der Straße entfernt. Ich betrat das Grundstück und ging an der Seite des Hauses vorbei zu dem Obst- und Gemüsegarten, der sich hinter dem Haus erstreckte.

Schon länger hatte eine pflegende Hand dort gefehlt. Auch das alte Gewächshaus befand sich immer noch am hinteren Ende des Gartens, nahe am Zaun.

Erinnerungen kamen in mir auf. Wie oft habe ich hier mit meinem Bruder gespielt, wenn Oma und Opa sich um das Gedeihen des Gartens gekümmert haben. Gelegentlich halfen wir schon einmal mit, doch unser Hauptaugenmerk war auf die üppigen Früchte gerichtet. Die Erdbeeren, Johannisbeeren, die Erbsen und nicht zuletzt, die schönen Äpfel und Birnen, die an den Bäumen hingen, waren unser Begehren. Ja, es dauerte eine Weile, bis wir erkannten, wie viel Mühe es macht, um eine gute Ernte genießen zu können. Als junger Mensch sind einem die Zusammenhänge zwischen Arbeit und guter Ernte noch nicht so recht bewusst.

Wie haben wir es genossen, wenn Oma einen leckeren Grießbrei gekocht hat, den sie mit einer leckeren Erdbeersoße noch zusätzlich geschmacklich aufgewertet hatte.

Meine Eltern sind genau wie wir, durch unsere berufliche Entwicklung weit von unseren Großeltern weggezogen. Jeder fand woanders sein Zuhause.

Nun steh ich hier vor dem Haus meiner Großeltern und erneut drängen sich mir so viele Erinnerungen auf. Wie oft bin ich hier an der Hand meines Großvaters durch diesen Garten gegangen, bis ganz nach hinten zu den Karnickelställen, wo auch damals schon das kleine Gewächshaus stand. Viele Male habe ich mit Hasso, dem Hund auf der kleinen Rasenfläche, die sich vor den Gemüsebeeten befand, gespielt. Und oft lockte mich nur der Duft des leckeren Kuchens, den Oma gebacken hatte, von Hund und Rasenfläche fort.

Wie lange schon war ich nicht mehr hier gewesen? Mein Berufsweg hatte mich sehr weit weg in fremde Länder geführt. Geschrieben hatte ich eigentlich regelmäßig und zu allen wichtigen Festtagen hatte ich angerufen. Für modernere Mittel der Kommunikation waren meine Großeltern nicht zu bewegen.

Für den heutigen Besuch habe ich mich angekündigt, den Blumenstrauß habe ich schon besorgt. Ich warf dem Garten noch einen letzten Blick zu und ging zur Eingangstür des kleinen Hauses. Eine wildfremde Frau öffnete die Tür und stellte sich als die Betreuerin meiner Großeltern vor. Dann wurde ich zu meinen Großeltern geführt. Beide saßen auf einem kleinen Sofa und hatten ihre Hände auf den davor stehenden Tisch gestützt. Beide blickten mich an, und an ihrem Lächeln konnte ich erkennen, dass sie mich wohl erkannt haben. Großvaters sagte: "Wie schön ist es, Dich noch einmal zu sehen." Aus seiner Stimme klang schon ein gewisses Maß von Abschied. Großmutter winkte mir zu und sagte: "Junge, du hast dich ja kaum verändert." Und wie ich mich verändert habe: " Für sie bin ich wohl immer noch ihr letztes Enkelkind geblieben. Gut, dass ich da war, sie gesprochen habe.

Dies war unser letztes Zusammentreffen. Wieder musste ich beruflich unterwegs sein und hörte nur gelegentlich von ihnen.

Und erst jetzt, zu ihrer Beerdigung, nach dem schrecklichen Unfall, der beiden das Leben nahm, konnte ich zumindest räumlich in ihrer Nähe sein. An ihren Särgen stehend, fühlte ich eine Nähe, die mir wohl sagen wollte, welches die wichtigeren Augenblicke im Leben sind? Wofür sollte man sich etwas mehr Zeit nehmen? Der Mitmensch soll und muss die oberste Priorität haben. Hatten sie mir nicht in meinen jungen Jahren ein Großteil ihrer Zeit gegeben? Fortan habe ich mir schon öfter die Frage gestellt: Wofür nimmst du dir Zeit?

Gerhard Jobs
Braunschweig den 21.06.2018

. . verschiedenes (2)

1) Zu jedem Topf gibt es einen passenden Deckel ?!

Wenn es zu jedem Topf einen passenden Deckel gibt, dann bestimmt der Topf, welcher Deckel zu ihm passt.

- somit bestimmt jeder durch seine Persönlichkeit, was für ein "Topf" er ist und wer zu ihm passen könnte und somit auch, wie ein Teil seines Schicksals wird.

Gerhard Jobs
Braunschweig den 21.04.2018

2) **Einsam?**

Um einsam zu sein, brauchst du nur nichts zu tun. Nur dasitzen und dein Alleinsein betrauern. Um der Einsamkeit zu entfliehen, musst du tätig werden. Anrufe tätigen, jemanden besuchen, jemandem schreiben oder auch einmal jemanden zu dir einladen. Niemand hat normalerweise niemanden.

Sollte dieser Sonderfall eintreten, gehe unter Menschen. Besuche Nachbarn, besuche Kurse, gehe zur Kirche, sei Mitglied in einem Verein, gehe zur "Tafel", inseriere in der Zeitung – und und und. Wie gut wäre es, wenn wir Menschen mehr aufeinander zugehen würden. Wenn man von einem Mitmenschen, vielleicht von einem Nachbarn weiß, dass er alleinstehend ist und man ihm durch ein wenig Kontakt und Zuwendung sein Alleinsein etwas erträglicher machen würde? Ein wenig mehr Aufmerkamkeit würde uns allen doch gut tun.

Letztlich gibt es **einen**, der hört uns immer zu, du weißt schon, wen ich meine!

Gerhard Jobs
Braunschweig den 10.03.2018

3) **Die meisten Hobbys sind nur reine Zeitverschwendung**

Es gibt Dinge, die einem schon viel Freude bereiten und nach getaner Arbeit ist es doch auch dein Recht, sich ein wenig Zerstreuung, ein wenig Freude zu genehmigen.
Das wichtigste Wort hierbei ist das Wort "wenig". Zu leicht lässt man sich dazu verleiten, zu viel Zeit für das zu verwenden, was einem Freude macht, ohne auch einmal zu prüfen, wie viel Zeit man dafür verwendet. Ohne zu prüfen welchen Nutzen, welche Entwicklung, welche Zukunft sich daraus ergeben kann. Nicht alles sollte nur auf Wirksamkeit, Leistung und Sicherung der Zukunft betrieben werden, doch wenn man zu viel Zeit dem Spaß, dem Vergnügen widmet, wird es wohl in der Zukunft weniger Spaß und Freude geben. Es sei denn, dass man seinen Beruf als Hobby hat oder man gelernt hat, allem nur eine gewisse Zeit zuzuordnen.

Es muss ein ausgewogenes Verhältnis zwischen Arbeit, Sichausruhen und Schlafen, wie auch für die Zeit, um sich zu vergnügen, geben.

"Ich habe alle Zeit der Welt", ist ein lockerer Spruch, der einen dazu verleiten kann, sich keine Gedanken über ein sinnvolles Nutzen seiner Zeit zu machen.
Sage mir, womit du dich beschäftigst, womit du deine Zeit ausfüllst, und man könnte sehr viel über deine Zukunft sagen.

Gerhard Jobs
Braunschweig den 28.08.2018

Peter, dieser Weichling

Ich war ein beliebter Lehrer und hatte die Gabe, aus meinem Leben zu berichten und dabei meine Schüler nachdenklich zu machen. Meine Schüler verstanden mich und auch die Aussagen, den geistigen Wert der darin zu finden war. Heute waren wir auf Klassenfahrt und sie baten mich, eine Geschichte aus meinem Berufsleben, aus dem Schulalltag zu erzählen:
Da gab es eine kleine Gruppe in einer Klasse, die Freude daran hatte, Peter, einen ihrer Mitschüler gerne zu ärgern. Eigentlich wollten sie ihn nur aus der Reserve locken, diesen stillen, so unscheinbaren Peter. Sie konnten richtig sehen, wie die Worte, die sie zu ihm sagten oder über ihn sprachen, ihn sehr ärgerlich werden ließen. Doch verlor er nie seine Kontrolle über sich, er wurde nie ausfallend und laut. Dies reizte die Gruppe noch mehr zu versuchen, ihn so aus der Reserve zu locken, dass er entweder etwas Böses zu ihnen sagen oder handgreiflich werden würde. Doch er sagte nichts, allerdings genoss es die Gruppe, ihn leiden zu sehen. Egal war es ihm wohl nicht, dass er von den meisten Jungen geschnitten wurde.
Die Gruppe hatte sich bewusst so positioniert, dass Peter alles unbedingt mithören konnte, was sie sprachen. Die Gruppe führte Gespräche über Eigenschaften, die für Peter charakteristisch waren und über die sie sich lautstark lustig machten.
Zu einigen der Jungen, die in der Nähe seines Zuhauses wohnten und die auch den Jungen der Gruppe bekannt waren, sagten sie: "Da gibt es

einen in unserer Klasse, der ist ein klassischer Außenseiter, ein In-sich-Gekehrter. Dem sind wir als Gruppe wohl nicht fein genug, dass er bei uns mitmacht, unseren Mädchen in der Klasse zu imponieren oder den Lehrern Streiche zu spielen. Ein richtiger Spießer eben" Wollt ihr uns helfen, ihn in die richtige Spur zu bringen?"
Dies fand bei einigen dieser Jungen, die in seiner Nähe wohnten, Anklang. Sie waren begeistert in ihrer Freizeit diesem Sonderling den richtigen "Klassengeist" beizubringen.
Alle hatten sich so richtig auf ihn eingeschossen und damit ein neues Freizeitspiel entdeckt.

Als die Gruppe herausfand, dass er sogar klassische Konzerte besuchte und zwei, - dreimal im Jahr in die Kirche ging, war ihnen klar, dass er ein Sonderling, ein Spinner, oder einer war, der glaubte, etwas Besseres zu sein. "Der spielt bestimmt noch mit Puppen, wie ein Mädchen." "Das ist einer, der meint großartig zu sein, einer, der sich nicht mit dem gemeinen Volk abgibt."

Immer neue Dinge, neue Spielchen fielen der Gruppe ein. Nun war es an der Zeit, so meinten sie, dass sie die Mädchen mit ins Spiel bringen müssten. Die meisten, eigentlich fast alle, wollten nicht mitmachen. Ja, die Gruppe wurden sogar als Feige, als Fieslinge beschimpft. Und die Gruppe fragte sich ernsthaft, warum die Mädchen diesen Spaß nicht mitmachen wollten. Doch nur, um aus ihm einen richtigen Jungen zu machen. Um das zu erreichen, gehören nun auch schon einmal drastische Mittel.
Jedoch ein taffes, mehr ein freches Mädchen machte mit, und sie war bereit ihn zu provozieren, ihn in Verlegenheit zu bringen.
Das hatte sie raffiniert geplant, und wie sie es ausführen wollte, darüber hatte sie unsere Gruppe informiert.

Beim Sportfest, zum Aufwärmen für die Jungen und Mädchen war vorgesehen, dass 2 Runden um den Sportplatz zu laufen seien. Sie lief seitlich hinter ihm und tat so als würde sie stolpern. Um sich dabei in ihrer Not an ihm festzuhalten, dies, natürlich ganz aus Versehen, hatte sie ihm seine Hose ein wenig zu weit nach unten gezogen.
Alles wurde natürlich gefilmt. Was für ein Zufall. Alle hatten ihr Handys im richtigen Moment dabei und einsatzbereit. Natürlich wurde

den weiteren Klassenkameraden alles zur Verfügung gestellt. Der betroffene Junge sagte dazu nichts - wieder einmal nichts.

Diese Aktion blieb nicht verborgen und auch, dass dahinter Absicht steckte.
Die entsprechenden Jugendlichen wurden in das Lehrerzimmer gebeten.

Der Klassenlehrer fragte die Gruppe: "Warum macht ihr so etwas?, da erklärten sie: "Peter tut uns leid, wie still und verschlossen er doch ist. Und wie wir ihm als Gruppe unbedingt helfen wollten, mehr aus sich herauszukommen, ein richtig lebhafter Junge zu sein. Einer von uns. Ein richtiger Junge eben."
Der Lehrer fragte: Wie ist denn ein richtiger Junge? So wie ihr, der sich auf Kosten anderer Späße erlaubt? Jungen, die beleidigen? Menschen, die ihr zu eurer Freude bloßstellt? Hätte man sich nicht mit ihm anfreunden können? Er hat wohl früh genug erkannt, dass solche Freunde wie ihr es seid, er nicht unbedigt haben muss.

Irgendwie hatten die Jungen begriffen, dass sie zu weit gegangen waren. Trotz dieser gemeinen Aktion hat Peter keinen der Gruppe verachtet, nur sie öfters fragend angeschaut. So als wollte er fragen: "Warum seid ihr so? Laßt mich doch meinen eigenen Weg gehen."
Peter wurde dazu geholt. "Peter", fragte der Lehrer, "sollen wir die Eltern informieren?" Peter blickte jeden in der Gruppe nur an und sagte: "Nein, bitte löscht nur das Video."

Wie still, wie regungslos er dastand, ohne auch nur einen Vorwurf zu machen. Die Jungen der Gruppe sahen betroffen zu Boden. Einer von ihnen wurde er nie. Auch die Gruppe war nicht mehr dieselbe. Keine Späße über Schulkameraden, die anders waren, wie auch immer wurden je wieder gemacht. Jeder hatte wohl für sich gelernt, dass man jeden seinen Lebensweg gehen lassen soll. Einer der Jungen aus der Gruppe ist heute politisch aktiv und ein bekannter Verfechter für Toleranz und Menschenwürde.
Im Bus herrschte Stille. Alle Schüler meiner Klasse hatten ruhig, ja fast andächtig zugehört. Sie hatten verstanden, dass jeder ein Recht auf seinen Lebensweg hat. Auch war ihnen bewusst geworden, nach einem längeren Gespräch, dass wir anschließend hatten, es hätte einen besseren

Weg gegeben, einen, der von Verständnis und Liebe hätte geprägt seien sollen.
Wie immer, man kann ja lernen, es in Zukuft besser zu machen.

Gerhard Jobs
Braunschweig den 08.11.2018

. . . verschiedenes (3)

1) Rache und Hass
Rache und Hass sind Gift für die Seele, doch dieses Gift muß nicht sein. Selbst wenn du im Recht bist, sich aber das Recht nicht durchsetzen lässt, wäre es für dich gut, nicht zu hassen, denn Hass zerfrisst dein Inneres und es schadet der Seele.
Das Gegenmittel heißt Liebe, es lässt dich zur Ruhe kommen und führt dich sogar dazu, dem Übeltäter zu vergeben. Und du sollst wissen, die ausgleichende Gerechtigkeit kommt, und wenn dies erst nach diesem Leben geschieht, wenn ein jeder von uns vor unserem Schöpfer erscheinen muss, um Bericht zu erstatten.

2) Wünsche und Geld.
Wenn ich so viel Geld hätte, wie ich Wünsche habe, wäre die Bank nicht mehr zahlungsfähig.
Wenn ich so viele Wünsche hätte, wie ich Geld habe, werde ich wunschlos glücklich – ist es nicht schön, wunschlos glücklich zu sein? Viele Sorgen bleiben uns erspart, und wir haben jede Menge Zeit.

3) Hoffnungslosigkeit ist doch wundervoll !
Wer sehr viel erhofft, der kann auch oft enttäuscht werden. Wer nichts erhofft, der kann nicht oft enttäuscht werden   – der ist schon enttäuscht.

4) Das dicke Ende.
Auf das Essen haben wir lange warten müssen, dafür war das Essen auf den Tellern sehr übersichtlich, über den Geschmack ließe sich streiten, auch satt geworden bin ich nicht. Wie tröstlich waren da doch die Worte meines Gegenübers, den ich eingeladen hatte: "Das dicke Ende kommt

erst noch!" – Wie wahr, dachte ich bei mir, als ich dann die Rechnung sah.

5) Wo gehst du hin?

Prüfe deine Wünsche, deine Leidenschaften, achte auf das, was dich verlocken will, welche Sachzwänge dich zwingen wollen. Diese bestimmen fast immer unseren Weg. Und du kannst deine Zukunft erahnen. Sollte der Weg, deine Zukunft nicht gut aussehen, so kannst du dich immer noch ändern und somit das meiste, was vor dir liegt.
Darum ist er in die Welt gekommen, damit wir wissen, was und wie wir uns ändern können – weil sein Weg der einzige Weg ist, der eine gute und sichere Zukunft garantiert. Oftmals auch erst nach dieser Erdenzeit.

6) Schönheit

Warum sehen so viele Menschen auf das Äußere und sehen die innere Schönheit nicht? Die äußere Schönheit vergeht, die innere Schönheit, das wirklich Wertvolle, wird leider zu selten erkannt. Die äußere Schönheit ist wie für die Motten das Licht, sie ist anziehend. Die innere Schönheit aber macht dich selbst zu einem Licht.

Gerhard Jobs
Braunschweig den 15.09.2018

"Nicht immer ist es so wie es scheint"

Der arme Mann geht aber gebeugt, der Arme – dabei sucht er nur nach etwas, was er verloren hat.

Die arme Frau weint ja, ob sie sehr verzweifelt ist – dabei sind es Freudentränen, denn der ärztliche Befund hat ihr Entwarnung gegeben.

Warum sagte er kein Wort, ist er immer so schweigsam? Bin ich ihm kein Wort wert?
– bis ich bemerkte, dass er Sprachprobleme hat. Er stottert sehr, und er schämt sich.

Mein Chef lächelte und sagte: "Ein Mann mit ihren Qualitäten hat ein anderes, ein besseres Betätigungsfeld verdient." Auch ebnete er mir den Weg zu dieser anderen Abteilung, und ich bedanke mich bei ihm – bis ich bemerkte, dass die neue Arbeitsstelle nur meiner alten ebenbürtig war und er auf meinen ehemaligen Posten einen guten Bekannten von sich platzierte.

Als ich sah, wie meine Frau diesen kleinen Reisbeutel ins Wasser legte, lächelte ich spöttisch und dachte so bei mir, die Menge reicht nicht mal für eine Person – und unglaublich, wir beide wurden gut satt.

– oft ist es gut, ein wenig länger zu warten, keine voreiligen Schlüsse zu ziehen, denn nicht sofort erkennt man den wirklichen Grund einer Sache. Auch ist es angebracht, Gelegenheiten zu nutzen, um Menschlichkeit und Mitgefühl zu zeigen. Und ist es nicht das, was wir Menschen brauchen?!
Vielleicht gibt es auch etwas zu verzeihen oder durch Selbsterkenntnis sein Leben positiv zu verändern.

Gerhard Jobs
Braunschweig den 21.06.2018

Freude

Wer freut sich schon mit dir, wenn dir etwas Gutes widerfahren ist?
Doch nur die, die dich schätzen und lieben gelernt haben, die dich für wertvoll halten. Und es sind in der Regel wenige. Wer dich nicht kennt, wird sich kaum mit dir freuen.
Bei der Schadenfreude findest du schnell weitere Menschen, die sich mit dir über das Leid eines anderen freuen. Und es sind viele, sogar solche, die dich gar nicht kennen.

Bei jeder Art von Freude, freut sich wenigstens einer mit dir, oder einer ist traurig und betrübt.
Gott und Satan freuen sich über unterschiedliche Dinge und aus unterschiedlichen Motiven.

Gerhard Jobs
Braunschweig den 14.12.2018

Noch ist es nicht zu spät

Noch hörst du der Vögel Gesang, noch erklingt ihr Lied.
Noch riechst du der Abgase Gestank, noch der Habicht seine Kreise zieht.

Noch gibt es Bäume, noch sieht man Blumen blühen.
Noch haben Spekulanten wilde Träume, du siehst ihre Augen glühen.

Noch sieht man den schönen Wald, der letzte Baum ist doch nicht gefällt.
Noch ist die Erde nicht leer und kalt, noch scheint sie in Ordnung, unsere Welt.

Wenn auch schon Wellen sich haushoch türmen, wenn an den Pol-Kappen schmilzt das Eis,
wenn Tornados zum Land hin stürmen, der Tag kommt, dann zahlen wir den Preis.

Warum es soviel Unvernuft nur gibt? Warten wir, bis endlos groß die Not?
Werden unsere Kinder von uns nicht mehr geliebt? Bereiten wir Ihnen den Weg zum Tod?

Lasst uns ein wenig umsichtiger sein, mehr Achtung unserer Umwelt geben.
Schränken wir uns doch in einigem mehr ein, dann können auch die Menschen nach uns noch leben!

Nächstenliebe heißt auch, das Gute des anderen im Sinn haben. Wenn wir Menschen nicht so selbstsüchtig und auch mit etwas weniger zufrieden sein würden, hätten wir alle etwas davon.
Wieder einmal sehen wir, wie richtig und wichtig die Empfehlungen und die Gebote unseres Schöpfer sind
 – denn er hat nur das Gute für seine Kinder im Sinn, er liebt uns.

Gerhard Jobs
Braunschweig den 13.09.2018

Wasser
(kaum beachtet und doch so wichtig)

Haben Sie schon mal am Meer gestanden und den mächtigen Wellen zugeschaut, dem Rauschen und Donnern gelauscht, wenn die Wellen niederbrechen? Wenn die Gischt, die weißen Kronen auf den Strand zurasen.
Haben Sie erlebt, wie durstlöschend bei einer anstrengenden Wanderung ein Schluck Wasser sein kann?
Auch im gefrorenen Zustad kann Wasser viel Freude bereiten.

Die Bedeutung des Wassers steht für viel, viel mehr:
Matthäus 27:24; Markus 9:41; Johannes 2:9; Johannes 3:5;
Johannes 4:13,14

Welche Symbolkraft doch mit dem Wasser verbunden wird.

Gerhard Jobs
Braunschweig den 05.01.2019

Vielem schenkt man zu wenig Beachtung, von Dankbarkeit ganz zu schweigen

Wasser
(ein wertvoller Bestandteil der Natur)

Wie erfrischend ist es, wenn man während einer beschwerlichen Wanderung zu einer Quelle frischen Wassers gelangt und seinen Durst dort stillen kann. Wenn man verschwitzt nach einem arbeitsreichen Tag, sich von Schmutz und Schweiß durch Abduschen reinigen oder ein Bad zur Reinigung und Erfrischung nehmen kann.
Wasser hat einen großen Wert als Nahrungsmittel, zur Reinigung, als Lösungsmittel, in der Industrie, letzlich – als Bestandteil allen Lebens.

Keine Ernte, kein Gedeihen der Pflanzen, kein Leben, wenn es das Wasser nicht geben würde. Schon allein dafür könnten wir unserem Schöpfer dankbar sein.

Selbst um zu Gott zurückkommen zu können, musst du in das Wasser der Taufe steigen.

Und wie viel mehr brauchen wir noch außer Wasser? Viel Weiteres schenkt ER uns, gibt ER uns, damit wir Lebensfreude und Glück empfinden können – und wer dankt IHM schon dafür?

Es gibt so viele Dinge in der Schöpfung, die sehr wertvoll sind und viel mehr davon hätten unsere Beachtung verdient – besonders aber unser ewiger Vater selbst, als Schöpfer aller Dinge hat er zu unserer Errettung seinen Sohn gesandt.

Gerhard Jobs
Braunschweig den 08.01.2019

Allein?

(ganz allein bist du nie)

Als ich einsam und traurig war, gab es wenige, die sich meiner annahmen.

Auch als ich glücklich und zufrieden war, gab es nur wenige, die Anteil nahmen.

Wer interessiert sich schon für dein Leben?

Es gibt mindestens zwei, die sich für dein Leben interessieren:

Der eine, der Widersacher, für dein Leid und Elend, dein Fehlverhalten – und er freut sich darüber.

Der andere, unser Herr, freut sich über dein Wohlergehen, deine Freude am Leben, dem Guten, das dir widerfährt, deine guten Entscheidungen.

Gerhard Jobs
Braunschweig den 19.11.2018

Alte Menschen

(eine Last für die Gesellschaft?)

Herrlich war es an diesem heißen Sommertag in dem schönen Freibad, das sich recht nahe an unserer Wohnung befand, ein paar Runden zu schwimmen. Ich war gerade in eine der Kabinen gegangen, um mich umzukleiden, als ich hörte, wie nebenan einige junge Leute sich angeregt unterhielten. Einer sagte:
"Habt ihr auch immer so viel Ärger mit euren Eltern? Immer wollen die etwas von einem und scheinbar war früher immer alles besser. Ich bin nun auch schon achtzehn Jahre alt und werde noch immer bevormundet. Sicher, ich wohne noch zuhause, aber ein bisschen mehr Verständnis für die Bedürfnisse junger Leute könnten Sie schon haben. Und wie sieht es in den Schulen aus?"
"Heute ist nun einmal nicht damals. Vieles hat sich geändert, und das haben die älteren Menschen wohl nicht mitbekommen," meinte ein anderer.
Ich verhielt mich in der Umkleidekabine weiter sehr leise. Die Größe der Gruppe schätzte ich auf fünf oder sechs Personen. Die notwendigen Antworten auf die Aussagen dieses jungen Mannes, der gerade gesprochen hatte, hätte ich gerne geben wollen, aber ich schwieg und hörte weiter zu.
Ein weiterer sagte: "Uns fehlt eine aktive Jugendvertretung, die unsere Sorgen und Nöte wirklich ernsthaft und vehement vertreten kann. Warum werden wir überhaupt mehrheitlich von älteren Leuten vertreten? Wir Jugendlichen müssen uns mehr in den Vordergrund drängen, sonst werden wir immer mehr untergebuttert."
Noch einer ging sogar einen Schritt weiter und sagte: "Betrachten wir die Sache doch einmal genauer: Alte Menschen sind für die Gesellschaft einfach zu teuer. Die meisten Patienten, wie auch diejenigen, die die Krankenhausbetten belegen, sind doch alte Menschen. Selbst alle öffentlichen Gebäude, wie auch die öffentlichen Verkehrsmittel, müssen behindertengerecht gebaut werden. Und wer bezahlt das alles? Die arbeitende Bevölkerung, mehrheitlich junge Menschen. Über körperlich und geistig Behinderte wollen wir gar nicht erst reden. Auch ist doch anzunehmen, dass durch die älteren Menschen die meisten Verkehrsunfälle verursacht werden. Selbst mit den durch Medikamente

verseuchten Körpern alter Menschen wird sogar das Grundwasser belastet."

Auch hörte ich wie einer sagte: "Die Besserwisserei und die Dreistigkeit, uns Vorschriften zu machen und dies nur, weil die meisten Politiker, die das Sagen haben, selber ältere Menschen sind, trägt auch nicht zum Verstehen der Jugend bei. Denken die gar nicht nach: "Wer bezahlt denen letztlich die Rente? Die jungen Leute. Selbst die Jungen sind es, die, wenn die Alten pflegebedürftig oder gar dement geworden sind, ihnen den Po putzen und ihre Hilflosigkeit ertragen müssen."

"Ich habe euch lange zugehört und nun möchte ich doch auch dazu etwas sagen", hörte ich eine weibliche Stimme sagen. "Was mich an diesem Gerede stört, ist: Dass ihr nur bedingt Recht habt und doch eigentlich sehr egoistisch seid. Wer hat sich in der Kindheit um uns gekümmert und uns alles gegeben was wir brauchten? Uns den Po geputzt? Wir können uns doch zum Teil jetzt noch nicht einmal selbst versorgen, weil wir noch zur Schule gehen. Und wer wird uns vornehmlich versorgen, wenn wir vielleicht studieren werden? Wo werden wir wohnen? Doch wohl zu Hause oder seid ihr wirklich so reich, euch eine eigene Wohnung leisten zu können? Sind die Generationen nicht immer aufeinander angewiesen? Und wer kann sich sein Schicksal schon aussuchen?

Auch uns kann es ja passieren einmal alt zu werden, – und was dann? Hoffentlich wird es auch dann junge Menschen geben, die ein bisschen gelernt haben, den sich immer wiederholenden Lebensablauf zu verstehen. Und sicher gibt es junge wie auch alte Menschen, die egoistisch sind. Die sich immer nur das Beste aus dem Kuchen herausschneiden möchten."

Nun ließ ich meine Stimme erschallen und trat aus der Kabine heraus. "Ja, es gibt auch alte Menschen, die glauben alles besser zu wissen und meinen, wie toll sie als Jugendliche einst waren. Viel besser, zäher und stärker als die Weichlinge heute. Die nicht nur über alles reden und gut diskutieren können, sondern wie wir zupacken und eine Nation nach dem verlorenen Krieg haben wieder aufbauen können, – nein, das hättet ihr auch gekonnt. Not, und besondere Umstände formen den Menschen. Der Mensch ist in seiner Grundveranlagung immer gleich. Er möchte es gut und bequem haben, annerkannt und bewundert werden. Und ist das denn schlecht? Wie viele Erfindungen wurden gemacht, um uns das Leben zu erleichtern. Anerkennung und Erfolg motivieren doch den Menschen. Versagen und Ungeliebtsein demotivieren, können den Menschen sogar zerstören. Von allem das richtige Maß, und dann etwas Nächstenliebe dazu, lassen Generationen gut miteinandern leben.

Darf ich euch zum besseren Verstehen der Generationen zu einem Eis in die Eisdiele, die sich am Eingag des Freibades befindet, einladen?" "Wollen sie uns bestechen, oder gar bessere Menschen, liebenswerte Jugendliche aus uns machen?" "Nein, nur ein wenig Freude bereiten, ein verständnisvoller älterer Herr sein, nicht ein meckernder alter Mann."

Tatsächlich, sie kamen mit und wir hatten eine gute, lustige und diskussionsfreudige Zeit.

Vieles ist zu den verschiedenen Aufgaben, die Altersunterschiede so mit sich bringen, noch zu sagen.

Um wünschenswerte Beziehungen und ein besseres Verständnis zueinander zu entwickeln, muss man aufeinander zugehen.

Wir benötigen einander, ich wage zu sagen, es geht nur miteinander. Keine Altenpflege ohne die jungen Menschen, kein gutes Heranwachsen und Gedeihen ohne die älteren Menschen.

Schon in den Heilgen Schriftstellen kann man dazu etliches Wertvolles lesen.

Gerhard Jobs
Braunschweig den 10.01.2019

Zurück bleibt nur die Asche?

Die Trauerhalle war gut gefüllt, viele waren gekommen, um von Paul Eilers Abschied zu nehmen. Ich saß in einer der vordersten Reihen, denn wir waren einander bekannt. Einige Formalitäten müssen bestimmt noch erledigt werden. Auch das Erbe, es war nicht allzu viel, musste noch unter den Angehörigen aufgeteilt werden. Nicht alles sollte seine Frau bekommen, sie mochten viele nicht. Es war nämlich etlichen der Erben nicht recht, dass er, wie aber besonders auch seine Frau, viel Geld für humanitäre Zwecke ausgegeben hatten. Und nun könnte das nur noch schlimmer werden. Sie mit ihrem Hang zum Religiösen, mit der Ansicht, dass die Reicheren für die nicht so Begünstigten etwas tun müssten.

Sie lebte nach den Bibelversen Lukas 12:15, Matthäus 25:40, Lukas 12:33

Auch wenn sie nicht alles den Bedürftigen gegeben hatte, so hat sie viel gegeben und geholfen.

Und mir war klar, spätestens nach ein oder zwei Jahren gibt es nur noch ganz wenige, die an Paul Eilers denken würden. So sind die Menschen, doch einige werde ihn nie vergessen.

Paul Eilers hatte einiges bewegt. Sein Leben war für mich so eine Art Wunderwerk, wie er in so unterschiedlichen Situationen sich verhalten hatte, das konnten nur wenige so meistern. Er war in seinem Berufsleben erfolgreich, sein Wort hatte in Fachkreisen Gewicht. Er war in seinem Handeln rational, der Logik folgend, und doch konnte er, wenn es notwendig war und er Menschen sah, die von Sorgen geplagt waren, ganz anders sein. Er ging dann auf diese Menschen zu, hörte ihnen zu, ließ sie sein Mitgefühl spüren. Andererseits konnte er, wenn er Unrecht sah, sehr direkt eingreifen und sich für das Rechte engagiert einsetzen. Und die Sache solange verfolgen, bis das Unrecht dem Recht gewichen war.

Paul Eilers war mehr als 50 Jahre glücklich verheiratet gewesen, er war nun seiner Frau auf die andere Seite vorangegangen.

Ich werde ihn nie vergessen, für mich war er im richtigen Augenblick zur Stelle. Ich hatte gerade neu in der Firma Petersen & Co. angefangen, in der auch Herr Eilers als ein Mitglied des Führungsteams dieser Firma tätig war. Er hatte die Situation richtig erkannt und sagte: "Herr Walter, geben Sie bitte Frau Wondraschek etwas mehr Zeit, diesen komplizierten Arbeitsvorgang kann man nicht in gerade mal einer Woche beherrschen. Da haben andere Mitarbeiter länger gebraucht und haben sich dann sehr gut zurechtgefunden. Sie wurden sogar einige unserer besten Mitarbeiter." Und so geschah es, ich hatte mich dann gut eingearbeitet und bin heute noch in der Firma tätig. Ich war sehr froh, dass ich in der Firma, als Wolgadeutsche Arbeit gefunden habe. Ich war damals erst seit einigen Wochen in Deutschland und daher war mein Deutsch nicht gut, auch wenn wir zuhause gelegentlich Deutsch gesprochen haben.

Nun bin ich hier und nehme Anteil an der Beerdigung von Herrn Paul Eilers. Ich konnte bemerken, wie tief die Trauer bei Frau Eilers sein musste. Ich sah nicht nur ihre Tränen, sondern konnte buchstäblich in ihrem Gesicht lesen, wie tief sie ergriffen war. Fünfzig Jahre gemeinsamen Lebens haben Verbindungen geschaffen, Empfindungen und Gefühle entstehen lassen, die nur der verstehen kann, der einem Menschen so lange nahe war. Die Zeit wird noch kommen mit ihren Stunden der Einsamkeit, wie bei Geburtstagen oder zu Weihnachten, wo man dann viel zu oft alleine ist. Dann werden gemeinsame Erlebnisse, wie Augenblicke des Glücks, die man erlebt hat, in einem hoch kommen und wieder ist die Seele zerrissen.

Nachdem die Zeit der Kondolenz weitgehend vorüber war, ging ich auf Frau Eilers zu, um auch meine Beileidsbekundung auszusprechen. Sie blickte mich fragend an und sagte nach einer Weile: "Ich kenne sie nicht. Woher kannten Sie meinen Mann?" Ich erzählte ihr, dass ich eine seiner Mitarbeiterinnen in seiner Firma war und was er für mich getan hatte. Sie blickte mich länger an, und ich fühlte, dass eine gewisse Sympathie auf beiden Seiten vorhanden war. "Ja, so war er", sagte sie. "Mir hat ihr Mann damals sehr geholfen. Ich möchte durch diese kleine Geste meine aufrichtige Anteilnahme zeigen und Dank sagen".

Zu Hause dachte ich noch einmal über alles nach und wünschte mir noch einmal etwas länger mit Frau Eilers sprechen zu können.

Ich ließ ihr die Zeit für die stille Trauer. Doch dann nach ca. zwei Wochen rief ich sie an und fragte, ob ich sie in ein Café einladen dürfe. Sie sagte zu, wir trafen uns, hatten Kaffee und Kuchen gemeinsam und ein wirklich gutes Gespräch. Beim Abschied fragte sie, ob ich sie nicht mal besuchen möchte, sie würde sich sehr darüber freuen. Ich sagte zu und daraus wurde ein öfteres Sichtreffen. Wir lernten einander schätzen, besonders für den Gedankenaustausch, den wir pflegten. Dabei konnte ich feststellen, dass in der tiefen Trauer, die sie hatte, sehr viel Hoffnung zu finden war. Hier zeigte sich ihre religiöse Einstellung. Mehr als einmal sagte sie mir, dass sie sich sicher sei, ihren Mann, nach dieser Erdenzeit, wieder zu treffen. Dazu führte sie einige Schriftstellen an: Neues Testament 1 Korinter 15:21, 22, 44, 54

Auch ich begann darüber nachzudenken. Doch fiel es mir immer noch schwer, mir ein Leben nach dem Tode vorzustellen. Nach und nach nahm aber mein Verständnis zu, und ich begann die Zusammenhänge zwischen dem Erdenleben und dem Leben danach zu verstehen. Vor allem machte auch das Erdenleben mit den vielen Herausforderungen nun mehr Sinn. Wenn zum Beispiel das Schwere, was ich auch zu ertragen habe, meinen Chrakter formt, sodass ich dadurch geduldiger werde. Nun verstehe ich andere Menschen in einer ähnlich schwierigen Situation besser und kann auch mitfühlender sein. Etliches ist noch, was während der Erdenzeit von mir noch erledigt werden muss , nicht getan. Überhaupt, was hätte das Leben für einen Sinn, nach so vielen Erfahrungen und diversen Erlebnissen, nur zu Staub zu werden? Viele gute Freundschaften, Beziehungen einfach nur zu Ende gehen lassen? Auch ist es gut zu wissen, dass vieles später noch geradegerückt werden kann oder auch muss, um der Gerechtigkeit Genüge zu tun.

Nach dem Plan unseres himmlischen Vaters wird jeder gemäß seinem Leben auf der Erde einen entsprechenden Platz dort erhalten und ein entsprechendes Leben führen dürfen. Nicht umsonst heißt es in der Schrift:

"Nicht jeder, der zu mir sagt: Herr! Herr!, wird in das Himmelreich kommen, sondern nur, wer den Willen meines Vaters im Himmel erfüllt." (Matthäus 7: 21)

Wie gut ist es zu wissen, dass es die Umkehr gibt und man sein Leben ändern kann. Dank des Sühnopfers des Heilandes kann der begangene Fehler gesühnt werden, und der Weg zu unserem himmlischen Vater zurück ist möglich.

Frau Eilers verschaffte mir einen besseren Einblick für den Sinn und Zweck des Sühnopfers. Und ich konnte es besser verstehen und seine Wirkungen auf unser ewiges Leben mehr begreifen.

Auch konnte ich viel besser verstehen, warum Frau Eilers sich so um ihre Mitmenschen, besonders um die schlechter gestellten, gekümmert hat.

Durch viele weitere Gespräche, bei denen sie mir den Wert des Evangeliums nahe gebracht hatte, wurde mir der Wert dieser Botschaft klar.

Allein der Gedanke, wenn die Menschen die Gebote Gottes hielten, wie würde sich da unsere Welt ändern? Kein Lügen, kein Betrügen, kein Diebstahl, kein falsches Zeugnis würde gegeben, kein Ehebruch, die Kinder achteten ihre Eltern und, und, und – was für eine wunderbare

Welt. Mit so einfachen Mitteln könnte man so viel erreichen, wenn bloß die Menschen dafür bereit wären. Und wir sehen daran: Die größte Aufgabe ist, sich selbst zu ändern und den Mitmenschen als unseren Bruder oder unsere Schwester, also als ein Kind Gottes zu sehen.

Zurück bleibt nur die Asche?

Ja, es bleibt Asche zurück, die die Vergänglichkeit bestätigt. Doch wenn wir unsere Lebenzeit genutzt haben, um den tieferen Sinn des Lebens zu verstehen, ist uns klar geworden, dass die Seele, die zu Gott zurückkehrt, das wirklich Wichtige ist. Denn sie wird wieder mit einem vollkommenen Körper bekleidet werden, sodass der Mensch, als ein Kind Gottes, in Ewigkeit existiert.

Ich werde meinem Schöpfer wohl ewig dankbar sein, dafür, dass es ein Leben gibt, das ohne Ende ist.

Dass es Orte gibt, wo mit der Kraft des Priestertums Ehen geschlossen werden, so das diese Ehen sogar in alle Ewigkeit Bestand haben werden, sie miteinander leben können – als eine ewige Familie.

Nun verstand ich, was Frau Eilers meinte, als sie mit mir über den Wert des Tempels sprach und auch warum Jesus sich schon als Kind zum Tempel hingezogen fühlte. Da gibt es einen Ort, wo Priestertumsträger die Vollmacht haben, wie es in der Bibel steht, zu binden für alle Zeit, für alle Ewigkeit.

Und nun bemerkte ich, dass mein Trauspruch ja nur lautete "Bis dass der Tod euch scheidet" mir wurde klar, ich muss mehr tun – auch ich möchte eine ewige Familie haben. Viel zu sehr liebte ich meinen Ehemann und unsere Kinder.

Weitere Erkenntnisse wurden mir zuteil, als ich mich mit dem Wort Gottes beschäftigt habe und seinen Wert schätzen lernte. Auch die weiteren Treffen mit Frau Eilers und ihr Erklären der Heiligen Schriften half mir sehr.

Ich habe tatsächlich begonnen, mich nach den Lehren unsereres Heilands zu verhalten und ich kann sagen, ich bin in Denken und Fühlen ein anderer Mensch geworden.

Öfter standen wir gemeinsam an dem Grab von Paul Eilers, nun auch ich mit einem anderen Verstehen und mit einer anderen Hoffnung.

Gerhard Jobs
Braunschweig den 25.12.2018

. . . verschiedenes (4)

(1) Alles hat Folgen

a) Das, was wir auf der Erde an Handlungen und Verhaltensweisen vorfinden, entspricht der Einstellung und Moral der Menschen, die auf ihr leben.
. . . somit erhalten wir das Umfeld, welches wir verdienen (Natur, Umfeld, Moral, Frieden, Politik, Gesellschaft).

b) Wer sich von Pflicht, Verantwortung und Einsatzbereitschaft, Dienst am Nächsten entfernt, fühlt und hat nur eine kurze Befreiung der angeblichen Last – er entfernt sich nämlich auch vom Sinn des Lebens.

c) Was macht Menschen glücklich? Doch das, was sie sich wünschen. Darum sei klug und schau dir deine Wünsche genau an. Ob sie dich dann wirklich glücklich gemacht haben, das stellt sich erst im Nachhinein heraus – einer weiß was sich zu wünschen lohnt und du kennst IHN .

d) Folge nicht jeder Spur, die sich vor dir auftut. Sie kann dich auch ins Verderben führen.
Gehe nicht über jede "Brücke", die sich vor dir auftut, du weißt nicht, ob sie dich trägt.

Gerhard Jobs
Braunschweig den 13.08.2018

(2) . . . lächeln

Das Lächeln, das du von jemandem siehst, muss nicht für dich bestimmt sein. Vielleicht war es für jemanden neben dir gedacht.

Gerhard Jobs
Braunschweig den 28.09.2018

(3) **... zu zweit**

Zu zweit geht sich ein Weg meistens leichter, sicherer und interessanter.
Warum dann alleine gehen?

Gerhard Jobs
Braunschweig den 05.01.2019

(4) **Lebensfreude**

Hat das Leben uns wirklich erfreut, Spaß gemacht, lohnt es sich zu
leben? - leider nicht immer. Und doch ist es sinnvoll. Macht denn der
Schulbesuch uns nur Spaß, erfreut er uns . . . und ist der Schulbesuch
nicht doch sinnvoll, sogar ein Muss?

Gerhard Jobs
Braunschweig den 18.07.2018

Ein Leben ohne göttliche Führung

Sowie wir den Glauben an Gott und an seine Anweisungen und Gebote
verlieren, werden Menschenmeinungen unsere neuen Regeln werden.
Und welchen Wert sie haben und was daraus entstanden ist, können wir
an den Verhältnissen und Zuständen, die auf dieser Erde herrschen, gut
erkennen.
Uneinigkeit, Streit, sogar Hass und Gewalttaten sind gegenwärtig. Denn
leider haben Geduld und das Verständnis füreinander, von
Nächstenliebe ganz zu schweigen, stark abgenommen.
Und doch gibt es immer noch eine große Anzahl unauffälliger
Menschen, die Gutes wollen und auch tun. Sie sollten deutlicher ihre
Meinung vertreten und gegen ungerechtes Handeln ihre Stimme
erheben. Das Handeln des Rechtsstaates unterstützen, und nach den
Empfehlungen und Weisungen unseres Erlösers leben und somit selbst
ein gutes Beispiel geben

Gerhard Jobs
Braunschweig den 23.10.2018

Der erkannte Mensch

Wenn du erzählst was dich erfreut, hast du einen Teil deines Charakters offenbart.

Wenn du mitteilst was dich ärgert, hast du wiederum einen Teil deines Charakters offenbart.

Du berichtest von deinem Verhältnis zu deinen Eltern und schon erkennt man Wesenszüge von dir.

. . . und, und, und, ständig offenbaren wir uns.

Mit jeder Aussage, mit jeder Handlung sagen wir viel über unsere Persönlichkeit aus. Selbst wenn wir schweigen, ist das eine Aussage.

Doch sollte uns das kaum beunruhigen, denn jeder betrachtet uns ja nur subjektiv. Und wer hat das Recht Richter zu sein. Leben wir einfach nur ein gutes Leben. Letztlich gibt es nur einen wirklichen Richter, der alles richtig beurteilen kann.

Gerhard Jobs
Braunschweig den 08.02.2019

. . . nicht ganz ernst gemeint

1) je fleißiger du bist, je mehr Arbeit wird dir gegeben – lohnt es da noch fleißig zu sein?

2) je weniger man weiß, umso weniger Sorgen hat man. Wenn man nichts weiß, hat man keine Sorgen?!   – darum schaue ich keine Nachrichten mehr.

3) je weniger man fühlt, je schmerzfreier ist man. Fühlt man nichts mehr, hat man auch keine Schmerzen.

4) je mehr man liebt, je größer kann auch dein Herzeleid sein, – wenn zum Beispiel deine Liebe nicht erwidert wird. Sollte man dann noch lieben?

5) je weniger Geld man hat, je ärmer man ist, um so sicherer lebt man – keiner bricht bei dir ein, keiner kann dir etwas wegnehmen, kein Heiratsschwindler interessiert sich für dich.

Gerhard Jobs
Braunschweig den 07.11.2018

Ein neues Jahr

Ein neues Jahr, neues Glück? Wie wird es ausfallen, sagt dir dann der
Blick zurück? Dein Denken, dein Handeln, dein Mensch sein,
bestimmen dir die Zukunft also all das Viele was dir geschieht.
Das neue Jahr kommt, das alte Jahr geht, um sich zu ändern, ist es für
das alte Jahr nun zu spät.
Ja, das alte Jahr ist vergangen, das neue jetzt vor dir steht, um sich zu
ändern, ist es für das neue Jahr noch nicht zu spät. Doch fangen wir mit
dem Sichändern beizeiten an, man weiß nicht, was noch alles kommen
kann.

Gerhard Jobs
Braunschweig den 19.02.2018

In nicht wenigen Dingen kann es zwei Antworten geben:

. . . negativ
Warum ich? Diese Frage wird oft mit Negativem verbunden. Immer
dann, wenn uns ein Schicksalsschlag getroffen hat. Und man fragt sich:
Warum kann dieser Kelch nicht an mir vorübergehen?

Ebenso ist es mit der Frage: **Warum nicht ich?** Sind denn die Anderen
besser? Ich kann das genauso. Die scheinen mich gar nicht zu kennen.
Sind die überhaupt fähig, Menschen richtig einzuschätzen?

. . . positiv
Warum ich? "Wir wussten, wenn wir sie damit beauftragen, wird ein
gutes Ergebnis nicht lange auf sich warten lassen." Es hat mich schon
berührt, dass sie mich als die Rettung ihres Problems gesehen haben.
Ebenso ist es mit der Frage: Warum nicht ich? Weil mir nahestehende
Personen wussten, was da auf mich zukommt und sie mir eine
Niederlage ersparen wollten. So kann selbst eine scheinbare Ablehnung,
ein Segen sein.

Leider suggerieren uns einige Fragen einiges, was aber so nicht stimmen muss. Denn oft stellt sich erst im Nachhinein heraus, ob es wirklich positiv oder negativ für mich ausgegangen ist.

Es lohnt sich, einfach nur neutral sich einer Sache zuzuwenden.

Eventuell sich auf beide Möglichkeiten, das Negative, wie auch auf das Positive einzustellen und sich soweit möglich darauf vorzubereiten.

Gerhard Jobs
Braunschweig den 30.01.2019

Die Zukunft im Auge behalten

Ist die Erdenzeit für Dich vorüber, bist Du von allen Sorgen frei?
Alles ist nun gut, was vorher war, ist für Dich endgültig vorbei?
Ob das so ist, das wirst du augenblicklich drüben dann erfahren,
und du bist dir dann unglaublich schnell über deine Situation im Klaren.
All dein Tun, Denken und Handeln wird dir jetzt erst recht bewusst.
Ach, hätte ich von einem Leben nach dem Tode voher schon gewusst.
Nun holt mein Tun, Denken und Handeln mich schon wieder ein.
Darum lasst uns beizeiten lernen, ein guter Mensch zu sein.
-- wie wichtig ist es doch mit dem Ewigen,
         dem Göttlichen sich rechtzeitig zu befassen.

Gerhard Jobs
Braunschweig den 09.02.2019

Der Unterschied ist das, was uns am meisten bewegt

Wenn du in einem Land arm bist, magst du mit demselben Besitz in einem anderen Land ein sehr reicher Mann sein.

Wenn du eine Zweitsprache beherrschst, mag das in dem Land, in dem du wohnst, wo du lebst, nichts Besonderes sein. In einem anderen Land würde man dich bewundern, weil die meisten dort gerade einmal die Landessprache sprechen oder sie vielleicht noch nicht einmal schreiben können.

Da wir uns mehrheitlich nur mit den Menschen, den Umständen, den Situationen unserer näheren Umgebung befassen, ist es der Unterschied, den wir vorfinden, der uns bewegt. Man kann arm sein und doch nicht arm, man kann mehrere Sprachen sprechen und nichts Besonderes sein, man kann gut ausgebildet sein und nur einer von vielen. Wieder einmal ist alles relativ. Wieder einmal ist es der Unterschied, der für Menschen so bedeutend ist.

Dieser Unterschied ist unserem Schöpfer egal, er möchte nur sehen wie wir damit umgehen. Wenn du reich bist, gibst du ab? Wenn du gebildet bist, verhilfst du anderen zur Bildung? Wenn du arm bist oder weniger Ausbildung erhalten hast, bist du frei davon andere zu beneiden? Es kommt darauf an, wie dich der Unterschied, den du vorfindest, veranlasst zu handeln.

Der Unterschied, den wir wahrnehmen, bestimmt oft, ob wir uns freuen oder ob wir leiden.

Gerhard Jobs
Braunschweig den 09.02.2019

... plötzlich ist es da, dies besondere Gefühl

Jetzt, im Nachhinein, kann ich es mir gar nicht richtig erklären, wie es zu diesem besonderen Empfinden gekommen ist. Ich war gerade einmal 20 Jahre alt und hatte auch früher schon gelegentlich Kontakt zu netten jungen Damen und dies war mir auch angenehm. Und doch war es diesesmal irgendwie anders. Wenn ich sie ansah, mit ihr sprach, ich sie auf mich zukommen sah, so leicht, so locker, irgendwie auch elegant, dass war irgendwie ganz anders. Es hätte mir schon gereicht, nur in ihrer Nähe zu sein, sie zu betrachten und ihr zuzuhören. Ihr muss es wohl ähnlich ergangen sein, sie traf sich gern mit mir, und ich fühlte, dass auch sie mich mochte. Oft gingen wir still nebeneinander her uns an den Händen haltend. Gelegentlich schauten wir uns an, blieben stehen, kamen einander näher und besiegelten dann mit einem Kuss die Zuneigung, die wir für einander hatten. Ich mochte, nein ich liebte Katharina, die ich immer "Kessi" nannte, diese flotte, diese spontane, diese kesse.

Immer noch kam ich als junger Mensch auch mit anderen jungen Damen in Kontakt, und nun war es ganz anders, sie hätten meine Schwestern sein können. Nichts Besonderes, nicht dies Unerklärliche, dass sich einander finden lässt, war mehr da. Dieses andere, doch starke

Empfinden hatte ich nur für Katharina, sie war irgendwie etwas Besonderes. Es wurde mehr daraus. Über eine Freundschaft, eine reine Liebe, wurde nun durch einen Ehebund unser gemeinsames Leben begründet. Ein Leben mit Katharina und mir, etwas Schöneres konnte ich mir nicht vorstellen.

Wir sind nun schon viele Jahre verheiratet, glücklich verheiratet. Drei Kinder haben unser Glück, eine glückliche Familie zu sein, noch vermehrt.

Auch heute gehen wir noch oft spazieren uns an den Händen haltend, um uns gelegentlich mit einem Kuss unsere Zuneigung zu zeigen. Selbst jetzt, nach etlichen Jahren, ist es mir immer noch unerklärlich, wie es zu solch einer tiefen Bindung kommen konnte. Vielleicht lag es auch daran, dass wir einander immer treu gewesen waren, dass keiner einen suchenden Blick in eine andere Richtung gesandt hatte. Wir waren glücklich und hatten es auch nicht nötig, woanders ein persönliches, intimes Glück zu suchen.

Es muss wohl von unserem Schöpfer so eingerichtet sein, dass zwei Menschen plötzlich so eine tiefe Zuneigung für einander empfinden können. Dass die Liebe zueinander, auch die körperlichen Empfindungen, so aufeinander fixieren kann, dass man anderen Menschen gegenüber ein anderes Empfinden hat. Ja es stimmt, die Liebe füreinander muss gepflegt werden. Gemeinsame Erlebnisse, ein aufmerksames Miteinander, ein Den-anderen-glücklich-machen-wollen, muss ein Teil unseres gemeinsamen Lebens sein. Vielleicht noch ein bisschen mehr, die guten Regeln und Empfehlungen unseres Schöpfers sollten beachtet und angewandt sein. Glücklichsein muss man gestalten, muss man wollen, muss ein Teil unseres Lebens werden – Glücklichsein ist in den meisten Fällen eine Einstellungssache.

Irgendwie ist mir klar geworden, dass das anfängliche Gefühl, das Menschen zusammengeführt hat, nach und nach von einem neuen, einem anderen Bewusstsein getragen werden muss. Von dem Unerklärbaren muss es in ein bewusstes Wollen übergeleitet werden. Dann verbindet sich das Gefühl, die Herzensabsicht, auch mit dem gedanklichen Wunsch, wie wir zusammen leben und glücklich sein möchten.

Früher habe ich mich in deiner Nähe einfach glücklich gefühlt.

Jetzt, heute, möchte ich bewusst mit dir glücklich sein.

Früher hat die Empfindung der Liebe mich zu dir getragen.
Jetzt kann ich mir bewusst vornehmen, mit dir glücklich zu sein.
– die Herzensfreude, das Glücksgefühl, deine erfrischende Nähe war
einfach nur da.
Jetzt haben wir beide gelernt, dass wir selbst dieses Glücksgefühl
gestalten können. Wir werden nicht so sehr von unseren Gefühlen
gesteuert, wir können ein Teil der Gefühle jetzt selbst steuern.

Gerhard Jobs
Braunschweig den 06.02.2019

Opas Worte

Himbeereis oder Sahnetorte
waren mir viel mehr wert als seine Worte.

Süßes aß ich nun einmal gern,
seinen Worten war ich immer noch recht fern.

Ich wurde älter, die Zeit des Spieles war vorbei.
Das Leben forderte so mancherlei.

Da fiel mir auf, was Opa sagte, hatte Sinn,
da steckte doch viel Wahrheit drin.

Im Lauf der Jahre wurde mir klar,
wie richtig und wichtig das von ihm Gesprochene war.
Etliches von seinen Worten, hat mir viel gegeben,
und half mir fester zu steh´n in meinem Leben.

Nun waren mir seine Worte,
mehr wert als Himbeereis und Sahnetorte.

– esse ich gelegentlich wieder einmal Himbeereis oder
Sahnetorte,
lächele ich und denke liebevoll an seine Worte.

Gerhard Jobs
Braunschweig den 19.02.2019

Egal was auch geschieht

(behalten wir Glauben und Mut)

Diverse Meinungen, viele erdachte Ideen, strömen täglich auf uns ein.
Angeblich gut sollen sie sein, von den Klügsten erdacht, besonders fein.
Die Menschen meinen weise zu sein, der Nabel der Welt,
sie können nach eigenem Gutdünken wirken, wie es ihnen gefällt.

Oft sind sie stolz und glauben alles Gute haben sie selbst ersonnen,
und wundern sich nun, wie schnell das alles ist wieder zerronnen.
Sie erkennen ihre Bestimmung, ihre wirklich Aufgabe nicht,
wer ihnen ihre Erkenntnis gibt, wer sie führt aus dem Dunkel ins Licht.

Egal, was geschieht, was auch passiert, dies sollte uns nur bedingt berühren.
Vertrauen wir doch dem, der Kraft hat, der ein Gott ist, denn er will uns führen.
Wenn wir im Vertrauen ihm folgen, dann wird nichts Schreckliches passieren.
Denn er ist weise, er hat Macht, vor ihm muss das Böse stets kapitulieren.
Bedeuten sein Rat, seine Anweisung, seine Gebote uns viel?
Doch, er führt uns ohne Umwege sicher zu dem für uns so lohnenden Ziel.

– das ist die Nähe bei ihm, ein Leben in seinem Reich.

Jedes meiner Bücher hat seinen eigenen "Charakter"

Lieben Sie es besinnlich? Romantisch? Mögen Sie es über besonders ausgefallene Ideen und Gedanken nachzudenken? Nicht nur im alltäglichen Allerlei zu verbleiben, dann könnten Sie

vieles davon erleben Sie in meinen Büchern. z.B in:

"Bringen Sie mehr Freude und mehr Licht in ihr Leben ... gehen Sie Ihren Weg nicht allein"

"Befreiung für die Seele!"

"Gedankensplitter"

"Liebe, Hoffnung, Verständnis und Dankbarkeit ... lassen uns leben."

„Die Treppe zur Ausgeglichenheit, zum Erkennen der wirklichen Werte im Leben"

„Nicole, eine besondere Frau?"

Einfach nur im Buchhandel oder im Internet, z. B. bei BoD - - - - bestellen.

Weitere Informationen zu den Werken und zur Person des Verfassers sind unter **www.jobs-geometrie-natur.de** für Sie bereitgestellt.